麦克米伦世纪童书

麦克米伦世纪 全称北京麦克米伦世纪咨询服务有限公司,由全球知名国际性出版机构麦克米伦出版集团和二十一世纪出版社集团共同注资成立。

北京麦克米伦世纪咨询服务有限公司
北京市朝阳区光华路 SOHO2B 座 1206
邮编:100020 电话:17200314824
新浪官方微博:@麦克米伦世纪出版

魔鬼的故事

[美]娜塔莉·巴比特 著/绘

姚雁青 译

二十一世纪出版社集团

目　录

1　许愿 ·················· 9

2　漂亮姑娘 ·············· 17

3　天堂里的竖琴 ·········· 23

4　摇篮里的小魔鬼 ········ 37

5　核桃 ·················· 45

6　画家的故事 ············ 49

7　骨灰 ·················· 55

8　完美的人 ·············· 63

9　玫瑰和小鬼 ············ 67

10　会说话的山羊 ········· 77

11 占卜师 …………………… 87

12 公平 …………………… 93

13 士兵 …………………… 99

14 摆渡 …………………… 103

15 前往伯利恒的骆驼 …………109

16 路标 …………………… 115

17 一个教训 …………………121

18 从地狱到天堂 ……………127

19 简单的审判 ………………135

20 石像的耳朵 ………………143

破晓时分,从硫磺石床上起身,
魔鬼离开地狱漫步徜徉,
巡视人间他那安逸的小小农庄,
看看他的牲畜活得怎样。

越过山岗,跨过峡谷,
他脚下的平原如此宽广;
他长长的尾巴前后摇摆,
像一位绅士挥动着手杖。

英国诗人罗伯特·骚塞(1774—1843)

许　愿

这一天,魔鬼在地狱里百无聊赖。他找出化装袋,装扮成一位神仙婆婆的样子,准备到人间去找人取乐。他先来到一条乡间小路上,来回晃荡着。不久,只见一个看上去脾气很暴躁的农妇扛着一麻袋枝条,咚咚咚地走过来。

"早上好,亲爱的,"魔鬼努力模仿着神仙婆婆的嗓音,"今天的天气真不错,是吧?"

"不怎么样。"农妇撇撇嘴说,"这二十年来哪有过一个好天气!"

"有那么久吗?"魔鬼问。

"可不。"她没好气地回答。

魔鬼今早特别想使坏,比如帮人实现愿望,借此逗乐。啊哈,还有比现在更合适的时机吗?"你听着,"他对农妇说,"我可以帮你实现一个愿望——你想要什么都行,只要能让你开心。"

"一个愿望?"农妇问。

"一个。"他回答。

"好极了。"农妇说,"我的愿望是:我才不信什么神仙婆婆,我希望你从哪儿来回哪儿去,别来惹我。"

这个愿望让魔鬼措手不及,还没等他反应过来,就一屁股跌落在地狱的宝殿上。他爬起身,怒气冲天。"等着瞧,总有一天我会给你们点儿颜色看看。"他气哼哼地回到人间,去找另一个倒霉蛋。

魔鬼遇到的第二个人是一位年迈的老者。当时,老者正端坐在树下发呆。

"老先生,早啊。"魔鬼努力模仿着神仙婆婆的嗓音,"今天的天气真不错,是吧?"

"没啥稀罕，"老者回答，"没啥稀罕的。"这个回答听上去太满足了，魔鬼有些悻悻然。"你听着，"他对老者说，"我可以帮助你实现一个愿望——你想要什么都行。不过，我能猜到你想要什么。"

"我想要什么？"老者问。

"你想想，你的日子快到头了，我猜你想重新变成少年。"

老者捋着胡须，半晌才说："不对，我没有那种愿望。重新变成少年是不错，不过也没那么美妙。"

"那么，"魔鬼还是不死心，"或者你希望变成个壮小伙。"

"不对。"老者又说，"变成壮小伙是不错，可没那么简单。不，那不是我的愿望。"

魔鬼有点恼怒："那你一定想回到你的黄金岁月——强壮的四五十岁。"

"不，"老者说，"我不希望那样。回到四十或五十岁是不错，可那时候的日子一样不好过。"

"那你到底愿意回到几岁呢？"魔鬼终于不耐烦

地吼起来。

"我为什么非得回到别的岁数去呢？"老者说,"那只是你的主意,每个年龄段都有美妙之处,也有糟糕之处。如果说我真的有愿望的话,那就是,我想要点不同的东西——但我不知道那是什么。"

"哼！"魔鬼说,"我改主意了,你没有愿望可以实现啦。"

"我没想过我需要什么愿望。"说完,老者继续发呆。

魔鬼火冒三丈,但仍不死心。他走啊走,迎面来了一匹棕色的高头大马,一位打扮入时、自命不凡的年轻人骑在上面。"小伙子,早啊！"魔鬼努力模仿着神仙婆婆的嗓音,"今天的天气真不错,是吧？"

"确实如此,尊敬的夫人。"自负的年轻人摘下帽子,在马鞍上毕恭毕敬地鞠了一躬。

"哎哟,"魔鬼说,"你这个小伙子真讨人喜欢,我帮你实现一个愿望吧。一个愿望,你要什么都可以。怎么样？"

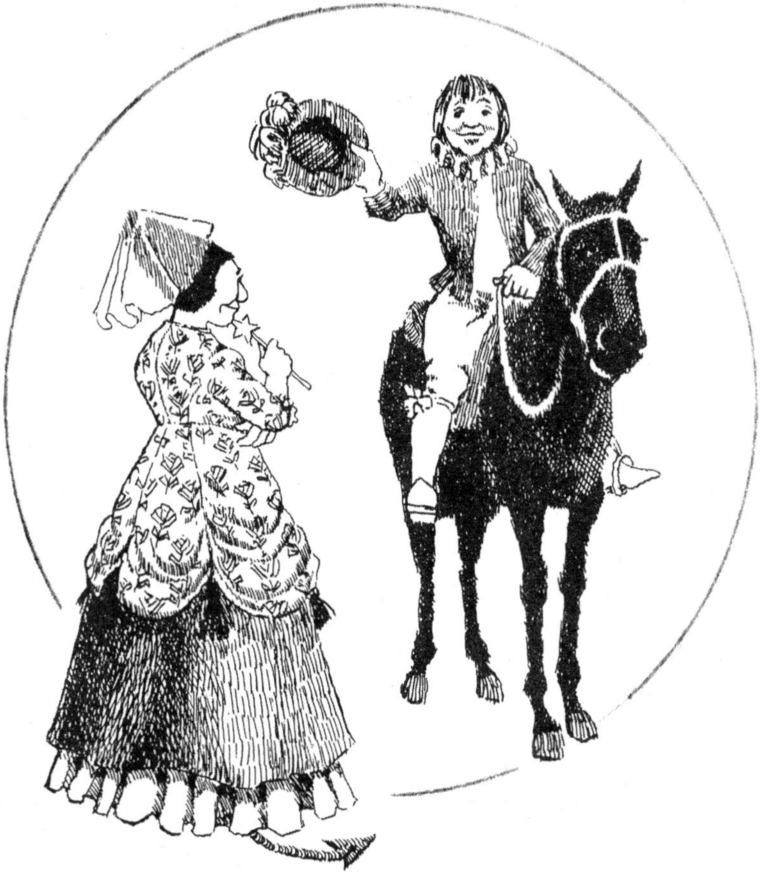

"一个愿望?"自负的年轻人惊叫一声,帽子应声而落。"任何愿望吗?真的会实现吗?"

"当然。"魔鬼得意地笑道,"你想要什么?"

"天哪!"自负的年轻人叫道,"什么都可以吗?我想发财,能实现吗?"

"能。"魔鬼说。

"可是,我还希望所有的女孩都会爱上我。"自负的年轻人兴奋起来,"或者,我该希望变成王储,或者国王!我甚至想统治整个世界,越厉害越好。"

"能。"魔鬼说道。他笑得更开心了。

自负的年轻人说:"或者我该希望自己永远年轻和帅气。"

"能。"魔鬼说。

"可是等等!"自负的年轻人喊道,"也许希望身体强壮更好些。如果你病得爬不起来,还能享用别的什么东西呢?"

"没错。"魔鬼说。

"哦,天!"自负的年轻人绞着双手,犯起愁来,"许什么愿望呢？选什么呢？选来选去快把我弄疯了！健康、权力、金钱、爱情、永葆青春，每一个愿望都好得很。亲爱的神仙婆婆，我希望你能告诉我许什么愿望。"

"如果这就是你想要的，没问题。"魔鬼咧开嘴巴笑道，"大多数人都认为，最好的愿望是希望每个愿望都能实现。"

年轻人的眼睛瞪得溜圆，脸色惨白。"是的。是的！"他说，"他们说得太对了，就是这样。那是最理想的。对啊，既然是这样，那我希望我许过的每一个愿望都能实现。"

"太晚啦。"魔鬼得意扬扬地宣称。

年轻人瞪大了眼睛。"太晚了？"他喊起来，"怎么回事？你说我可以许任何愿望，难道你没说过吗？"

"我是说过，"魔鬼狞笑道，"你说得没错。当你希望我告诉你该许什么愿望时，你已经实现了你的愿望。"

魔鬼回到地狱，耳边回荡着年轻人懊恼的哀号声。他终于满意了。

漂亮姑娘

❦

　　从前有位非常漂亮的姑娘,她独自一人生活。其实她完全不用那么寂寞;她那么美,有很多年轻人渴望能娶到她。他们在她的院子里徘徊,弹奏着吉他,唱着甜蜜的情歌,想透过窗户看到她。他们在那儿从黎明逗留到黄昏,伤心不已,但又总抱着一线希望。可是,漂亮姑娘谁都看不上。"如果只是因为容貌去爱一个人,那样的爱有什么意义?如果找不到一个不因为我的容貌而爱上我的人,我永远不会出嫁。"

　　毫无疑问,这是个明智的想法,但又有谁会永远明智呢？其实，漂亮姑娘很享受自己的美貌，有时她会站在镜子前，久久地端详着自己。心情好的时候，她会走到院子里，和年轻人聊几句，允许他们跟着她去市场，帮她把大包小包的东西拎回家。于是，在这之后的很长一段时间，年轻人们都觉得自己大有希望。

不过，大部分时间，尽管院子里有那么多爱慕她的年轻人，漂亮姑娘却缩在小屋里面。她感到孤独，渴望有人爱她，她需要爱。

不知怎么回事，这件事传到了魔鬼的耳朵里。他觉得，漂亮姑娘正是他需要的，她能让他的地狱璀璨生辉。于是，魔鬼提了一袋子乔装打扮的东西，到人间去找她。

他只听说过她有多么漂亮，但却没人告诉他，漂亮姑娘不让任何人进门。他装成乞丐，她不开门；他试着打扮成布道者、国王，都敲不开她的门。最后，他干脆伪装成她的追求者之一，混在其他年轻人中间，等着赶集那天的来临。

漂亮姑娘终于从屋子里出来了。魔鬼陪着她，一起到镇上去。他目不转睛地看着她,抢着拿最重的包裹。在她进屋前那一刻,他决心已定:漂亮姑娘就是他在地狱里最需要的,是他苦苦等候了很长时间的东西。

夜幕降临,等那些伤心却还怀着一线希望的年轻人纷纷离开以后,魔鬼扯下伪装,化作一股红烟,轰的一声钻进了漂亮姑娘的闺房。漂亮姑娘被惊醒了,她一看到魔鬼,就尖叫起来。

"不要害怕,"魔鬼安静地说,"是我。我来带你去地狱。"

"不要!"漂亮姑娘哭喊起来,"我不会去,你也休想带我走。"

"这倒不假,"魔鬼说,"只要你的时辰未到,去不去地狱得遵从你的意愿。可你一定会非常喜欢那里,你将是地狱里最漂亮的东西。"

"在这里,我已经是最漂亮的了。"漂亮姑娘说,"我现在很满足,为什么还要离开这儿,到别处去找同样的东西呢?"

"哈,不过在地狱,"魔鬼说,"你会一直美下去,而在这里，你的美貌会枯萎。"漂亮姑娘这会儿有点动心。魔鬼看出来了。他从桌上拿起一面镜子，举到她面前，让她看着镜子里的自己。"岂不是太可惜了。"他花言巧语地说，"啧啧！可惜了这么美的脸蛋。如果留在人间，你只能美十五年，最多二十年，但地狱里没有时间，没有日升月落，你看上去永远和现在一样。你要知道，这在人间是永远不可能的。"

漂亮姑娘像平时那样注视着镜中的自己，沉醉在自己的美貌中。幸好在关键时刻，她想起了最在乎的东西。"告诉我，地狱里有爱情吗？"

"爱情？"魔鬼笑得前仰后合，"要这玩意干什么？"

"好吧，"漂亮姑娘一把推开镜子，"我永远不会答应去那个地方。从今天到星期天，随便你怎么乞求，都是白费力气。"魔鬼快气炸了，他的眼睛瞪得像铜铃一样大。"你拿定主意了吗？"他逼问道。

"这就是我的决定。"漂亮姑娘回答。

"很好！"他说，"我确实不能违背你的意愿，强行把你带走。不过，我可以带走你的美貌。我说到做

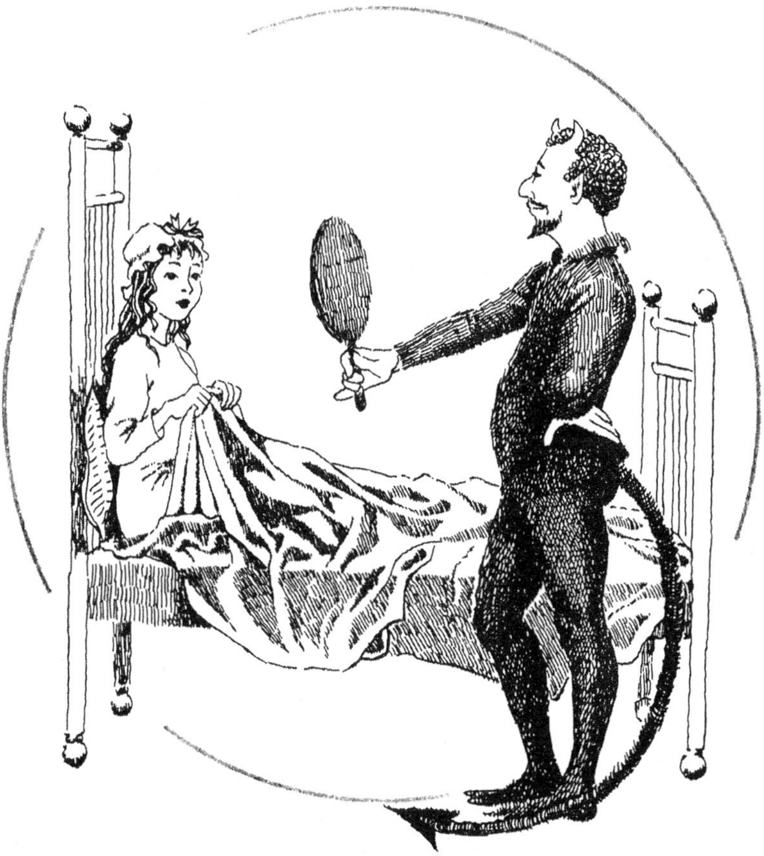

到。"只听轰隆一声,魔鬼化为一股烟雾消失了。他带着漂亮姑娘的美貌直奔地狱而去,把它们一片片钉在宝殿里,钉得到处都是。漂亮姑娘的美貌闪烁着璀璨的光芒,把地狱映照得耀眼夺目。

几年过去了,魔鬼很想知道姑娘的现状。他来到人间,想看看她过得怎样。黄昏时分,他悄悄来到她的小屋外,透过窗户偷偷往里瞧。她就坐在那里,相貌奇丑,正在吃晚饭,桌上燃着蜡烛。不过她不再是孤身一人,有一位和她一样丑陋的年轻人坐在她身边。她的椅子旁边有个摇篮,里面躺着一个非常丑陋的婴儿。可奇怪的是,浓浓的爱意弥漫在桌子周围。魔鬼跟跟跄跄地往后退去,仿佛受到重创一般。

魔鬼叹了口气:"可恨!我就是活一万年也搞不明白这是怎么回事!"

他气冲冲地回到地狱,把漂亮姑娘的美貌从宝殿墙上全部扯下来,扔了出去。它们浮起来,飘到地狱上空的一个黑暗角落里——美貌终于有用了,它们变成了一颗崭新的星星。

天堂里的竖琴

　　从前,人间有一对名叫巴兹尔和杰克的兄弟,胖点的是巴兹尔。这兄弟俩品行不端,整天吊儿郎当,又爱惹是生非。他俩从一出生就看对方不顺眼。如果不是因为没人受得了他们,他们才不愿意和对方待在一起呢。在他们还是婴儿的时候,就开始对打,一直打到现在,所以全身上下总是青一块紫一块的。长大后,他们一起干坏事,还干出了名声——至少在法律界很有名。他们俨然就是人世间功夫最高的盗贼。
　　对巴兹尔和杰克来说,只要他们想,世上就没有一样东西偷不到。他们的手总是痒痒。他们会卖掉偷到手的东西,把所得的钱财都拿去买醉,等酒精下了肚,他们就会犯晕,会恶语相向,最后再言归于好。有一天晚上,兄弟俩做得太过分,两人都偷偷地买了手枪,然后在一场恶斗中射死了对方。然而,这么惨烈的事件也没改变他俩:任何人到了地狱之门,都免不了怀疑这里是不是自己的归宿,而这两人,却还在为谁先进地狱而大打出手。

魔鬼听到吵闹声,喜出望外。"原来是巴兹尔和杰克!终于把你们盼来啦!"

魔鬼这样说是有原因的:有一个暴脾气的钢琴老师,因为太唠叨被罚下地狱。她对地狱最不满的就是,这个地方没有音乐。她总是抱怨说,天堂里必定有很好的音乐,因为他们有那么多可爱的竖琴,而在地狱,哼!甭管是漂亮还是丑陋的,连竖琴的影子都看不到!

听了这些话,魔鬼对地狱更加满意了。不过,他的确没有竖琴,所以,他打定主意要从天堂里偷一架,而唯一的办法就是派巴兹尔和杰克上去偷。"如果说有谁能从天堂里偷到竖琴,那非巴兹尔和杰克莫属。"他暗自高兴,"这两个活宝终于来啦!"

兄弟俩刚安顿好,魔鬼就下令把他们带到宝殿。"巴兹尔和杰克!"魔鬼高兴地说,"果然是大名鼎鼎的巴兹尔和杰克!"

"就是我们。"杰克答。

"可不,还能是谁!"巴兹尔说。

"好极啦!"魔鬼说,"你们可以大显身手了。"他把事情的缘由告诉了兄弟俩。

正中下怀!兄弟俩很乐意重操旧业,听从魔鬼的安排。他们摩拳擦掌,准备大干一场。

"这事不赖。"巴兹尔说。

"没错!"杰克回答。

"你们要好好计划一下,"魔鬼说,"得制订一个绝妙的计划。"

"没必要吧,"兄弟俩不以为然,"我们从没失过手。"

"我听说过你们的本事,"魔鬼说,"但愿是真的。

我一心想搞一架竖琴放在地狱。我不能亲自出马,他们会马上认出我。除了你俩,这件事谁都干不了。"

巴兹尔和杰克计划扮成天使。他们说:"我们上去的时候会装出很乖的样子,并假装迷了路,然后溜进去,偷到乐器后再溜出来。晚饭时我们就能赶回来。"

"好极了!"魔鬼说。他把要用的装扮道具给兄弟俩,打发他们启程。

兄弟俩花了很长时间才赶到天堂,因为得穿过人间,还得慢慢习惯魔鬼给他们安的翅膀。两人都不想弄坏自己的装扮,所以没有打架。他们飞啊飞,飞了好一会儿,等赶到天堂门口时,都累得气喘吁吁。不过,他们还是很自信。

自信是好事,但自信不是万能的,因为太过自信,麻烦来了!他们遇到了在人间从未预料到的事。天堂门口坐着一个人,旁边还放着一架竖琴。这个人看着他俩,打量着他们的装扮,笑了起来。最后,他轻声细语地说:"哟,这不是巴兹尔和杰克吗?让我瞧瞧。你一定是巴兹尔,听说巴兹尔是胖子,那你就是杰克啰。你们俩来这儿干什么？"

"啊。"巴兹尔愣住了。

杰克也支支吾吾："嗯……"

"没关系，"天堂门口的人说，"我知道你们为什么来这儿。不过，我还是得说，你们这身打扮很好看。"

这辈子还从来没有人称赞过他们好看，杰克想回一句"去你的"，可他没敢吭声。巴兹尔也傻傻地站在那儿，咧着嘴发愣。天堂门口的人继续说："你们是为了竖琴才来这儿的吧。嗯，这没问题。天堂里有的是竖琴，我身边这架就可以给你们。你们根本没必要去偷。"

"哦！"杰克说。

巴兹尔只好说："好吧。"

他们突然泄了气，沮丧极了。

那人却只是微微一笑，拿起竖琴递给他们。这是一把黄金制成的小三角竖琴，琴框上镶着丘比特的雕像，琴弦像阳光一样闪闪发亮。"回去吧。"天堂门口的人说。

杰克拿起竖琴。兄弟俩离开天堂,回地狱去了。

他们花了比来时更长的时间才下到地狱——为什么会这样,大家都有各自的说法。反正这兄弟俩没有偷成东西,又厌烦了飞行,很快,他们就开始斗起嘴来。

"听着,"巴兹尔说,"让我拿会儿竖琴。你没理由老是攥着不放。"

"除非被吊死,我才不会松手呢。你只会把它摔坏。"杰克说。

"自私!"巴兹尔说。

"笨蛋!"杰克还嘴道。

"蠢驴!"巴兹尔说。

"猪!"杰克回答。

"你才是头猪。"

"我不是。"

"你就是。"

巴兹尔和杰克在天堂与地狱中间打起架来。

这场厮杀直打得天昏地暗,衣服被扯坏,翅膀上的羽毛被拽飞,嘶喊声、拍打声和撞击声不绝于耳。

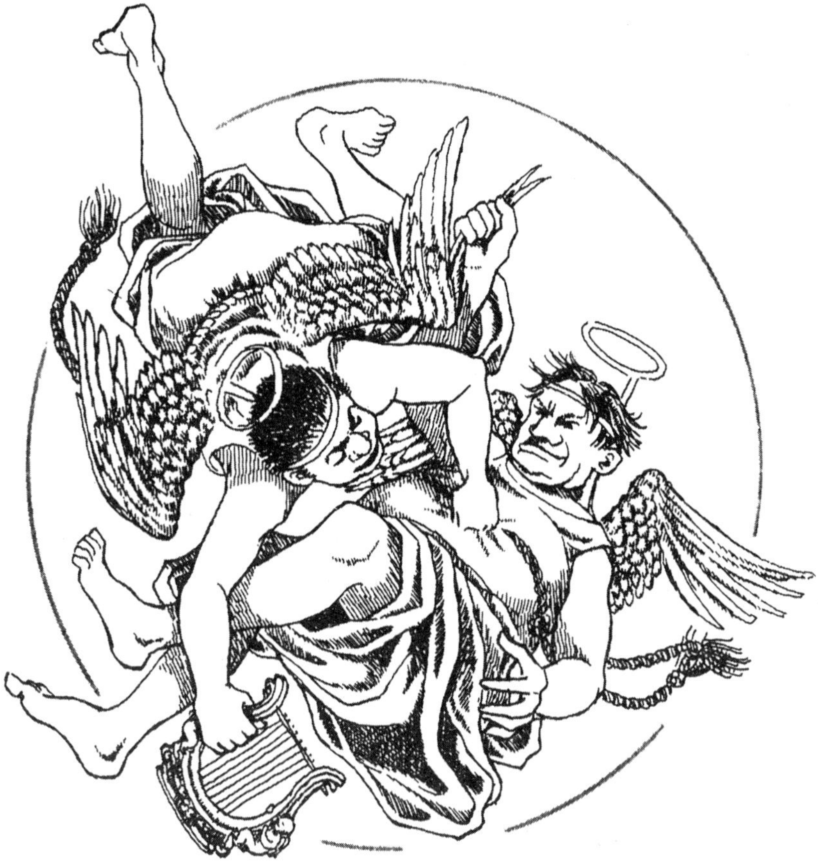

那架可怜的竖琴夹在两人中间,被他们像拔河一样拉过来、扯过去。

他们一路打到地狱,狼狈不堪。

"竖琴呢?"魔鬼听见动静,过来问道,"快给我。"他从兄弟俩手里拿过竖琴,一个胳膊夹着琴,用拇指滑过琴弦。

可没料到,竖琴没有奏出柔美的声音,反而发出刺耳的噪声。他们三个吓得往后退了一步。

"看看你们干的好事,打什么架!我的竖琴都弹不成调了!"

"啊呀!"巴兹尔说。

杰克说:"完了。"

"我不知道怎么调琴弦!"魔鬼说。

"我不懂。"杰克说。

巴兹尔说:"我也不会。"

要命的是,在地狱,没有哪个鬼魂知道如何给来自天堂的竖琴调弦,甚至连钢琴老师也不会。

"这样吧,"魔鬼吩咐巴兹尔和杰克,"你们得回去再弄一架来。"

"如果你这么要求的话。"巴兹尔和杰克说。

"是的。"魔鬼说。

于是,巴兹尔和杰克穿着破烂不堪的衣裳,和上次一样,直奔天堂而去。因为翅膀上掉了很多羽毛,所以飞起来比上次困难得多。他们顾不上发牢骚,最后还是赶到了天堂,只见那个人仍然坐在门口。

"杰克和巴兹尔,怎么回事?你们又回来了!"那个人说。

"嗯。"杰克说。

"没错。"巴兹尔说。

他们比上一次更尴尬。

"我猜你们还想拿一架竖琴。"天堂门口的人看到了他们面具下面的眼泪。

"对。"巴兹尔说。

杰克说:"是这样。"

"这还不容易。"天堂门口的人说。他从长袍下面掏出一架和上次一样的竖琴,递给他们。

这一次，巴兹尔接过了竖琴。兄弟俩离开天堂向地狱飞去。飞了一会儿，杰克忍不住捅了巴兹尔一拳，说："我从没见过有人拿着竖琴显得这么傻。"

"你说谁？"巴兹尔说。

"说我自己呢。"杰克说。

"说猪呢。"巴兹尔说。

他们又打起来，扭作一团。

不过这一次，正打得尽兴时，竖琴从巴兹尔手中滑落，直直地朝人间掉下去，最后哐当一声摔在一座山的山顶上。

"我警告过你。"杰克说。

没办法，他们只能飞下去，捡起竖琴回到地狱，把它呈给魔鬼。魔鬼很不开心。

"看看这琴！"他说，"都被撞得变形了！谁能弹这样的竖琴。"

"找人修修吧。"巴兹尔说。

"用锤子什么的砸一砸。"杰克说。

整个地狱里，没有一个金匠知道如何修理来自天堂的竖琴。那位钢琴老师则站在一边，不以为然地看热闹。

"你们再回去，"魔鬼命令兄弟俩，"再去一次。这次你们最好办利索些。"

"如果你这么要求的话。"巴兹尔和杰克说。

"是的。"魔鬼说。

他们不得不再回去。这一次，天堂门口的人一看到他们，就摇头叹息说："杰克和巴兹尔！真的还是你俩吗？"

"真是我俩。"杰克说。

巴兹尔说："没错。"

他们从来没有这么尴尬过。

"好吧，"天堂门口的人无奈地说，"只剩一架竖琴了。希望你们这次别再出差错。"他把第三架竖琴递给他们，然后转身进入天堂，关上了天堂的门。

巴兹尔和杰克合伙抬着竖琴回地狱去。这一次，在穿过人间时，什么事也没有发生。只是巴兹尔的翅膀同杰克的相比，破得几乎不成样子了。等快到地狱时,翅膀从他衣服上脱落下来。他只能牢牢抓住竖琴的一头,不让自己掉下去。

"松手!"杰克喊道,使劲扑腾自己的翅膀,"你会把我们都拖下去!"

"我不能松手!"巴兹尔说,"如果松手,我就会摔下去。"

"那你就摔下去吧!"杰克说,"摔死你一个总比摔死我们两个强。"他试图把巴兹尔的手指从竖琴上掰开。

这下子,又是一场恶斗,在地狱上空,两个人撕扯着、扭打着。巴兹尔想抓得更牢,就拽住了竖琴的琴弦。于是,琴弦像扫把上的稻草一样,纷纷被扯出来。

这就是他们回到地狱时的模样:杰克抓着竖琴,巴兹尔拽着琴弦。魔鬼看到他的竖琴变成这副模样,顿时火冒三丈。

"我自己去!"他咆哮道,"试试我的运气!"

"没有用。"巴兹尔说。

"那里已经没有竖琴了。"杰克说。

"这是最后一架。"兄弟俩异口同声地说。

可惜的是,地狱里没有谁知道如何将那把来自天堂的竖琴的琴弦装回去。

发怒也没有用,魔鬼只得作罢。为了惩罚杰克和巴兹尔,他让他们跟那位性格乖戾的老师学钢琴——这样也能惩罚老师本人。他们学了好几百年,兄弟俩弹来弹去,除了会一点音阶,什么也没有学会。当然,钢琴老师会逼他们继续练下去。

魔鬼一直把竖琴供在他的宝殿里。"哼,最起码没人敢说我没有竖琴了。"他还假装说,只要他想,随时都可以修好竖琴——只是不想罢了。

摇篮里的小魔鬼

有一位非常善良、脾气温和的牧师,他每天把教堂的台阶清扫得干干净净,还为祭坛制作蜡烛。在他眼里,每个人都和他一样充满善意。不管别人做了多么可怕的事,不管他们如何经常坑蒙拐骗、烧杀抢掠,或者踢自己的狗,他只会叹一口气,说:"嗯,他们只是犯迷糊而已。我敢肯定,他们不是故意的。"他会替那些人祈祷,并相信他们迟早会悔改。

一天早上,牧师出去清扫教堂的石阶,发现上面有一个篮子,篮子里装着一个婴儿。"啊哈!"牧师说,

"有人给我这个孩子,让我能在教堂里行善抚育这个孩子!"他高兴坏了,端起篮子凑近端详,却发现那不是一个普通的婴儿。"天哪!"他轻声喊道,"啊!这孩子是个小魔鬼,一定是!魔鬼的宝宝皮肤像辣椒,而且篮子里还有股硫磺的恶臭味[①]!"他吓得立刻扔下篮子,但小魔鬼甜甜地盯着他,笑啊笑。牧师不知所措,只好把篮子放回原处,然后走进教堂,坐下来思量。

"孩子就是孩子——他那么无助,需要保护。"

"没错,可这个孩子长大后,只能是一个恶魔!"

"不过,假设我能阻止他变成恶魔——只是假设罢了,我要不要试试看呢?"

"真是胡思乱想。他是魔鬼派来引诱我的。"

"也许吧。不过,他也可能是上帝派来考验我的。"

"这一定是个考验——肯定是,考验我能不能把恶变成善。"

[①] 《圣经》说,魔鬼身上带着硫磺的恶臭味。

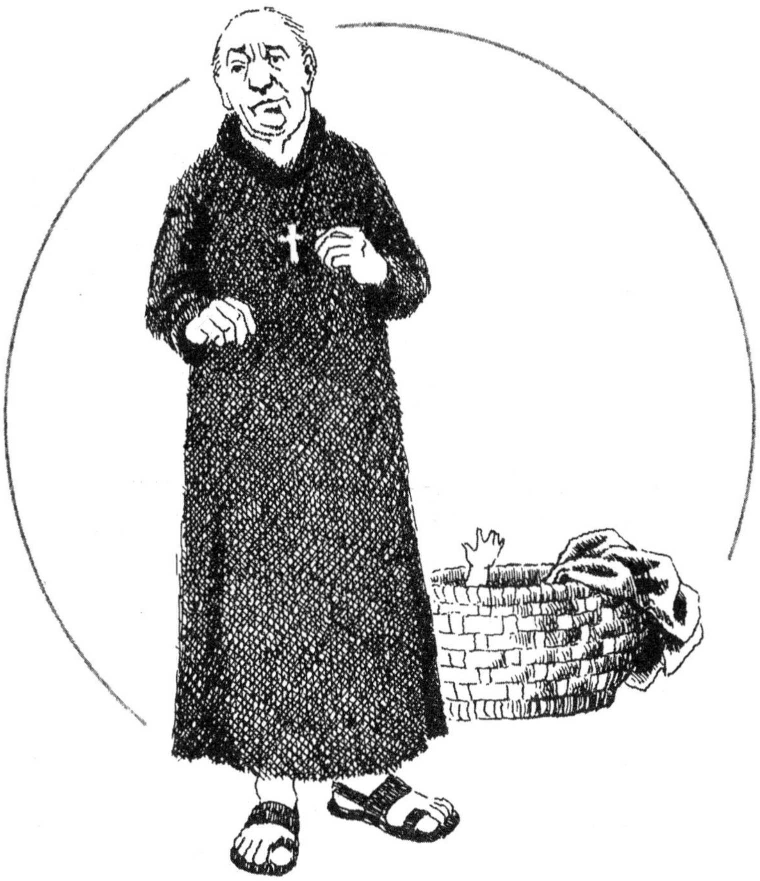

"哎呀,他在那儿哭起来了。他一定饿了,没错,他折腾一路,一定累坏了。"

"他折腾一路!我在说什么?嗯,他一定是直接从地狱来的。"

"不管怎样,婴儿终究是婴儿。做我该做的吧。"

尽管不知道这样做是对是错,牧师还是带着小魔鬼回到墓地后面的家。

牧师突然想起该喂小魔鬼吃些东西。"是啊,"他想,"孩子终究是孩子,一定不能让他挨饿。"他急忙赶到附近的农夫家买牛奶。

"什么!"农夫的妻子惊讶地说,"一桶牛奶?你都这把岁数了,还打算养个孩子?"

"我已经这么做了。"牧师愈发不安起来,"有个婴儿,被丢在教堂的台阶上。"

他没有提那是个小魔鬼。天知道农夫的妻子得知真相后会有什么反应。但他的沉默反而让事情变得更糟,农夫的妻子马上摆出一副办正经事的样子:"我和你一起去,去瞧瞧那个小东西,像你这样的老光棍根本不知道养孩子是怎么回事！"

"不，不！"牧师慌里慌张地拒绝道，"我能办好，没问题。不麻烦你了。

"胡说！"农夫的妻子说，"这不麻烦。"他没法拒绝她。

他们一起来到牧师的小屋前，农夫的妻子突然停下来闻了闻。"硫磺味！"她喊道，"烟和硫磺！快救孩子，你的小屋一定着火了！"

小屋并没着火。他们走进屋里，一股浓烈的硫磺味儿扑鼻而来。一切都好好的，小魔鬼在篮子里睡得很熟。农夫的妻子上前端详，一看到他的样子就愣住了。"天哪，这是魔鬼的孩子！"她喘着粗气，"小魔鬼！"她转身跑出屋子。"一个魔鬼！"她边跑边喊，"魔鬼就在教堂的门口！救命啊！救命啊！我们都被诅咒啦！"

"不，等等！"牧师站在门口，绞着手喊道，"站住！他只是一个婴儿，婴儿就是婴儿！"不过，他也忍不住开始怀疑起自己来。

可是，农夫的妻子已经跑遍了整个村子，召集来一大群人。不一会儿，他们就把牧师的屋子团团围住。"出来！"他们逼他，"赶快出来，把小魔鬼留下。我们要烧掉屋子和里面的小魔鬼。这是灭掉他的唯一办法。"牧师听了以后，惊恐不已，他的疑虑反而被打消了。"你们不能这样做！"他坚定地回答，"无论是不是魔鬼，孩子终究是孩子，他只是个无助的、需要保护的孩子。再说，也许可以用善的方式把他带大。魔鬼不也曾经是天使吗？虽然他是小魔鬼，但还是有变好的希望！"

村民们议论纷纷。"他疯了！他糊涂了！"他们大喊，"快出来，让我们烧了屋子！"

"休想。"牧师说，"我不能丢下孩子不管，不管他是不是小魔鬼。如果你们想烧屋子，就将我们俩一起烧了吧。"

村民们你一言我一语地商量，认为牧师已经无可救药，他一定是魔鬼附身，只能动手了。他们拿来一个火把，点着了牧师和小魔鬼栖身的屋子。

牧师站在那里，举着篮子，周围蹿起熊熊火苗。他念着长长的祷告词，怕得要命。这时，小魔鬼醒了，他看着烟雾和火苗，拍着手，喔喔地尖叫起来，兴奋极了。

屋外，人们避开热浪，看着屋子燃烧。这会儿，他们也有些疑惑。"他的确只是个娃娃，也许可以用善的方式将他养大呢。"他们议论纷纷，"不过，这只是假设罢了。"

但不管他们怎么想，现在也为时已晚，火势已经大得无法扑灭。屋子很小，天气又干燥。很快，屋顶弯曲了，倒下来，墙也纷纷倒塌。当烟火散尽，只见牧师紧闭双眼，站在一片废墟中。他丝毫没有受伤，而小魔鬼和篮子都不见了。

人们非常惊讶，他们感谢着上帝，个个变得兴高采烈。"一个奇迹！"他们喊道，"上帝把我们的牧师从死神那里拯救回来啦！"为了表示他们的宽慰之情和感激之心，村民们马上开始搭建一座新房子，这样牧师就能有一个新的居所。

牧师又像原先一样生活并履行着他的职责,毫无怨言。但在很长一段日子里,他非常困惑:他真的像人们认为的那样,是被上帝解救的?还是也许——只是也许——他是被魔鬼解救的?不过,他从没和人谈起这个疑惑。他继续为神坛制作蜡烛,每天早上,还会出来打扫教堂的石阶。有一次,在最上面的台阶,在曾经放过装着小魔鬼的篮子的地方,他发现了烟熏的斑痕。他擦啊擦,可无论如何使劲,斑痕仍然清晰如初。最后,他只得把教堂里一盆病恹恹的常春藤搬了出来,放在那里。常春藤矗立在那儿,长势喜人,牧师每天早上在它周围打扫时,都充满了喜悦。后来,直到离开人世,他再没见过别的小魔鬼。

核　桃

有一天，魔鬼坐在宝殿里，面前放着好大一包核桃。他一边吃核桃，一边像往常一样抱怨核桃太难夹开。突然，他灵机一动。"最好骗个傻瓜来替我夹开核桃。"

他从藏宝室拿来一颗珍珠，用锋利的刀撬开一个核桃——他干得很仔细，没弄坏它的外壳。接着，他把珍珠塞在核桃肉旁边，最后将核桃壳粘到一起。"我现在要做的，就是用这个核桃去诱惑一个贪婪的家伙。他要想找到这颗珍珠，就得打开许许多多核桃！"

他装扮成一个长胡子老人，带着核桃夹子和那袋核桃来到了人间。他把那颗特别的核桃放在核桃堆的最上面，然后在一条乡间小路边坐着等人上钩。

很快，一个农妇走过来。"嘿！"魔鬼对她喊，"要核桃吗？"农妇机敏地朝他看看，有点疑心，不过她很快就消除了疑心。"好吧，"她说，"我尝尝。"

"就是嘛。"魔鬼咯咯地笑着，把手伸进袋子，拿出那个特别的核桃递给她。让他吃惊的是，农妇打开核桃，捡出果肉吃了，扔掉壳，然后就一言不发、不作任何评论地扬长而去。

"奇怪。"魔鬼皱着眉头说，"要么她吞下了我的珍珠，要么我一开始就给错了核桃。"

他拿起最上面的三个核桃，夹开壳，把肉吃了，没看见珍珠；又打开四个核桃，还是没有珍珠。他夹啊夹，折腾了一个中午，亲自动手夹开袋子里所有的核桃，核桃壳撒了一地，还是没找到珍珠。他只得作罢："好吧，一定是这么回事——她把珍珠吞下去了。"他无计可施，只能打道回府。不过，吃了这么多核桃，

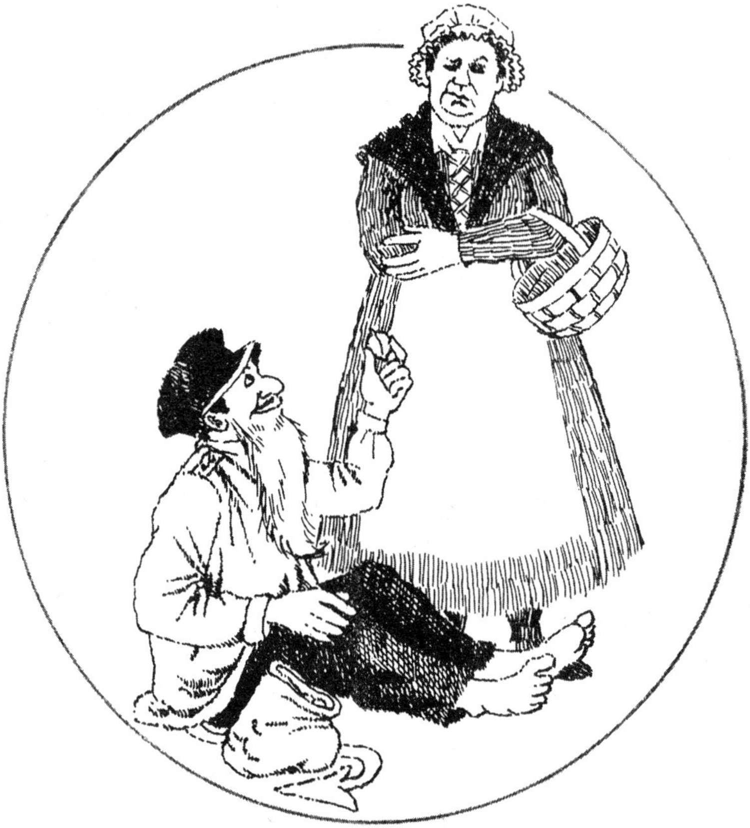

魔鬼的肚子疼了很长时间，而且，他还郁闷了整整一个星期。

与此同时，农妇来到市场，拿出藏在舌头下面的珍珠，用它换了两个萝卜和一根搅拌黄油的棒子，然后高高兴兴地回家去了。

并非所有人都是贪婪的。

画家的故事

从前有一个画家，对人特别和气、关爱，谁都夸他是世界上最好的人，可他却画了许多看上去邪恶透顶的人：那些男人一个个满脸茫然，女人都急不可耐地要脱掉衣服，或者想把别人切成小块，尽是些体面人无法接受的行为。

尽管如此，了解和爱他的人都乐意接受并欣赏画家的画。他画技娴熟，颇具大师风范。他的一些朋友是这样想的：每个人身上都有善与恶，所有的邪恶都体现在他的画里，他自己却只留下了善。

魔鬼听说了画家的画，非常仰慕。有时候，他会在午夜时分离开地狱，仅仅为了在画室里逛一逛，欣赏那些画。他暗自琢磨："如果地狱里有这样的头号艺术家，那该多好！"但他只能无奈地摇摇头走开，因为据他所知，画家人太好了，不可能被罚下地狱。

魔鬼想啊想，想了很久很久。几年后，他想出了一个办法。这时，画家已经完成了三十七幅画。"等他画完四十幅，"魔鬼说，"我要把它们全都偷来挂在我的画廊。四十幅也够了。我还要把他的画布、颜料和画笔，甚至他的画夹都统统偷光，等着看他的笑话。"

画家怎么会知道魔鬼的计划呢，他一如既往地潜心创作，画了许多无与伦比的表现邪恶的画。每次他出门去，小孩子都会跟着他跑，鸟儿会停在他的肩膀上，人们会说："画家来了！多好的人哪！他的画那么可怕，但他却是世界上最好的老好人！"

很快，第四十幅画快完工了，魔鬼开始实施他的计划。他溜出地狱，偷光了画家的全部家当。他把画架、笔刷等所有画画的东西悉数偷来，扔到布满灰尘的宝殿角落。他把画挂在画廊。这些画引起了轰动，大大小小的魔鬼们每天川流不息地到画廊来欣赏画作，并鼓掌表示赞赏。

与此同时，在人间，画家感到莫名其妙。他在村子里问了一圈，但根本没人知道画是如何失踪的，更别提被窃的画架和别的东西了。画家愁眉不展，只能靠挖洞赚钱买画具。他知道，自己不得不挖很长一段时间，才能攒够钱再开始画画。

"妙极了！"画家的悲惨遭遇传到了魔鬼的耳朵里。"现在，让我们等着看好戏吧。"他靠在椅背上，乐滋滋地想。

日子一天天过去，画家再也没有画画。他干不了别的活，只能挖土。慢慢地，画家变了。他不再微笑，还把跟着他的小孩子赶开，嘘走停在肩上的鸟儿。他变得沉默、脾气暴躁，甚至与好友们断绝来往。当他在村里愁眉不展地晃悠时，人们都忙不迭地避开。大家议论纷纷："画家来了。可怕的家伙，就像他自己画里的那些人一样！"

对于画家的这些变化，魔鬼却喜笑颜开。他的计谋奏效了。"我一定会拿下这家伙，还有他的画。"他靠在椅背上微笑着，等待更多的好戏上演。

有一天，画家在地上挖坑时，挖到了肥沃的黏土层。他挖出一大块黏土，把它放在旁边。天黑后，他把黏土带回画室，干了整整一个晚上。天亮时，他做好了一个小雕像。说来也怪，这座雕像表现的是一位母亲弯下腰去触摸一个幼小的孩子，孩子正紧紧地拽着她的裙子。雕像充满了善意和爱。

画家从此获得新生。他照这个路子做了越来越多的小雕像，都和第一个类似。人们趋之若鹜，雕像被一抢而光。他再也不用为了生计去挖土，除非他需要更多的黏土用来做雕像。很快，他可以刻石头了。他声名远扬，被请去雕刻精美的大理石雕像。一时间，这个地方每一座宏伟的教堂和庭院里都有他的作品。

画家的脾气越来越糟，但他的雕像却越来越有爱意。他变得和原来截然相反。他曾经的朋友们依然相信每个人身上都有善与恶。他们说，似乎所有的善都

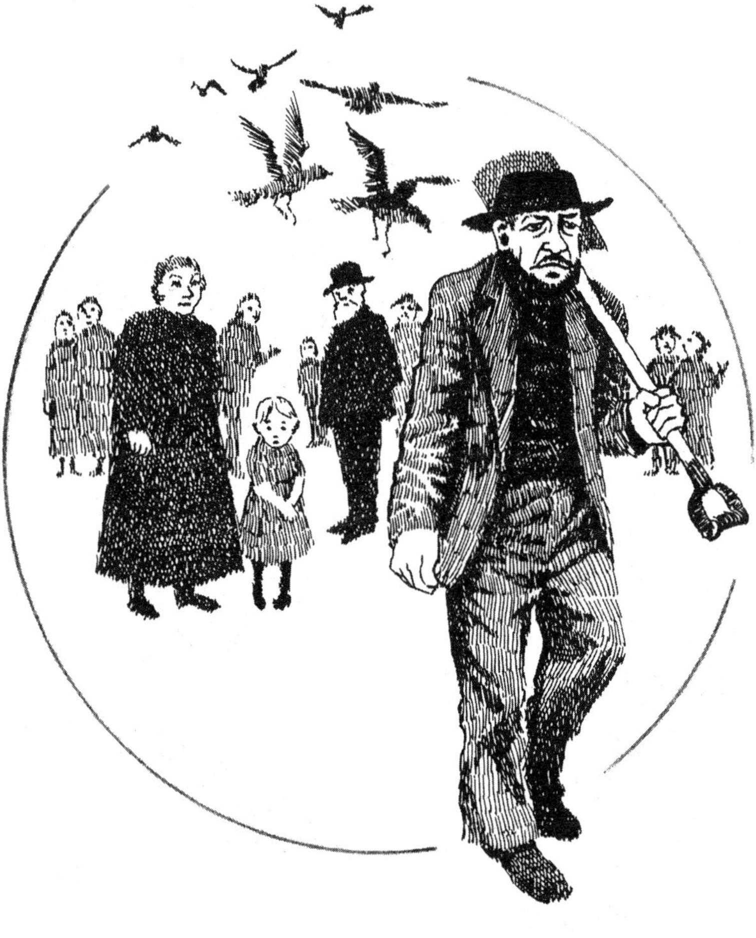

体现在画家的作品里,而他自己却留下了邪恶。

魔鬼一直搞不明白什么地方出了错。他既喜欢画家现在的模样,又讨厌那些雕像。"那家伙不像原来那么有用了,怎么办呢?"他咬牙切齿地说,"最好的办法是,不管这个家伙,随他去吧。"

魔鬼果然这么做了。他把画家置于脑后,忙着去做别的事。至于画家,没人知道他为什么会变成这样。

他的画在地狱被膜拜,他的雕像在天堂广受赞誉,而他本人似乎在天堂和地狱之间迷失了方向。不过没关系,他在这两个地方都能找到伴。

骨　灰

从前有个非常坏的家伙，他是个不折不扣的贪财汉，靠坑蒙拐骗发了大财。有一天，他吃了太多的烤猪肉，突然被撑死了。他的妻子把他的尸体火化后，将骨灰装在一个银色的瓮里，摆在一个漂漂亮亮、暖暖和和的壁炉台上。骨灰瓮放在那儿真合适，可她不一定知道，她丈夫的骨灰摆在人间这么漂亮、这么温暖的地方，死后的灵魂却直奔地狱去了。

贪财汉的妻子因为老伴的离去而感到非常孤单，于是养了一条大个头的、脾气暴躁的狗为伴。"它也有络腮胡子,还打鼾,"她告诉朋友们,"就好像老头子回来了一样。"她爱狗如命,宠着它,甚至让它在屋里啃骨头,这让整天埋头打扫屋子的女佣很抓狂。

一天,在壁炉前的地毯上,女佣发现了一块油腻腻的猪骨头,顿时火冒三丈。她一把抓起骨头扔进火里。不久,骨头被烧成了灰烬——就算是智者的骨头也一样。第二天,女佣做日常家务时,扫帚碰倒了贪财汉的骨灰瓮。瓮掉在壁炉边,这个坏东西留在人间的灰烬洒进了壁炉。

"坏啦!"女佣惊恐地叫了一声,立刻四处张望。还好,贪财汉的妻子不在附近。"哦,得了。"女佣跪下来,用壁炉铲细心地把骨灰铲起来放回瓮里。

这也许是个急中生智的好办法。可麻烦的是,贪财汉的一些骨灰和壁炉里前一天被扔进火里的猪骨灰混到了一起。结果,猪骨头的灰也被装进瓮里——显然,这里可不是它应该待的地方,不过,没人知道这一切。

第二天早上,地狱里,魔鬼正坐在宝殿里写诗。

这时，贪财汉走进来，说有事要报告。

"出什么事啦？"魔鬼边写边问。

"什么事？"贪财汉大喊道，"什么事？你自己看看吧！"

魔鬼抬眼一看。只见一头大肥猪跟着贪财汉走进来，它紧紧地贴着贪财汉的腿站在那里，还温柔地凝视着他。

"你对这头猪干了什么好事？"魔鬼问。

"我做了什么？"贪财汉哭喊道，"它到底在干什么？这就是我想问的。你看看，我来地狱以后，一直过得不赖。有投脾气的伴儿，够吃够喝，有属于自己的安乐窝。可昨天，这只猪不知从哪儿冒出来，像一只小哈巴狗一样围着我转，甚至一心要爬上我的床。我不知道它是从哪里来的，也不知道它为什么要跟着我，更不知道怎么摆脱它。你知道吗？"

"我怎么知道。"魔鬼说。

"那么，我得采取措施了。"贪财汉说。他试图把猪推开，可似乎是白费力气。猪紧挨过来，瞪着小红眼珠，无比温柔动情地看着他。

"这头猪多好啊。"魔鬼盯着猪,仔细打量起来,"它很依恋你。"

"别提啦。"贪财汉说,"快帮帮我吧。我实在不想整天和一头猪黏在一起。"

"我问问别人。"魔鬼答应道,"我们一定会想出办法的。"

猪跟在贪财汉的屁股后面走了。魔鬼马上召来一些饱览群书的学者讨论这件事。第二天,贪财汉又来了。魔鬼说:"不知怎么搞的,一定是你和这头猪被埋在一起了。"

"不可能,"贪财汉说,"我是被火化的。我的妻子一直把我的骨灰供在壁炉台上。"

"哦?"魔鬼说,"不过,你一定是在来我这里的路上和这头猪掺和到一起了。只能这么解释。"

"这么说,我必须把它分开才行。"贪财汉说着,想挪开身子。可没有用,这头猪当然紧紧地贴着他——只是没踩住他的脚罢了。"如果再这样同它耗上一个

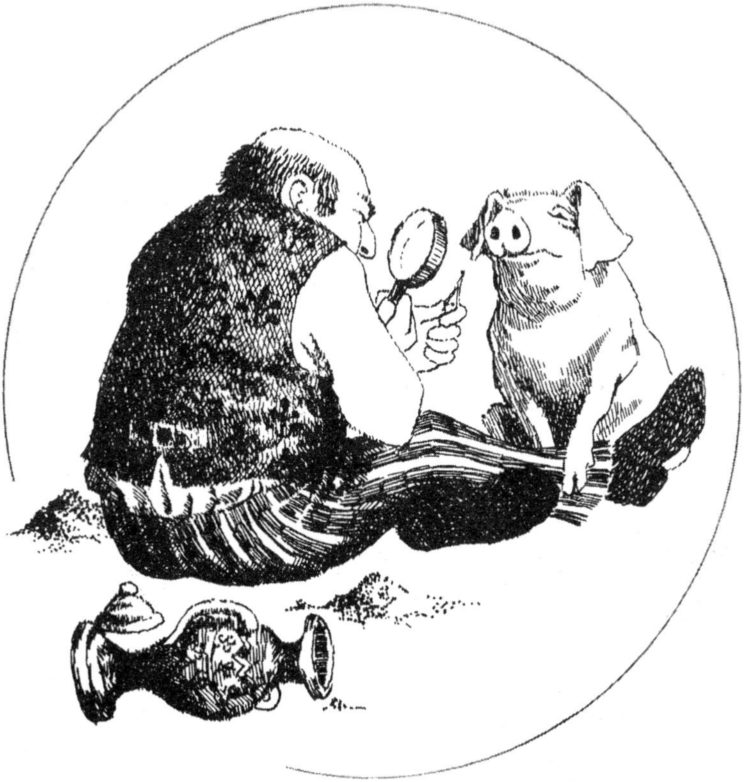

晚上，我会疯掉的。"

魔鬼来到人间，去了贪财汉的家，悄悄地把骨灰瓮偷回地狱。他找了一个安静的角落，把瓮里的东西全都倒出来。"好了，看看这些东西。"他对贪财汉说，"你得把猪的骨灰挑出来，如果你看得出差别的话。"

"我的骨灰当然和猪的不一样。"贪财汉很自信。他拿起一把放大镜，举着镊子，满怀希望地开始干活。

日子一天天过去，贪财汉坐在角落里埋头苦干。而猪呢，则用脸颊蹭着他的膝盖，凝视着他。一年后，他的努力初见成效，他分出了一小堆骨灰。他觉得这一定是猪的骨灰，因为那种灰色与别的骨灰有轻微差别。两年过去，他挑出来了两小堆骨灰。显然，他干得很好，因为猪似乎不那么关注他了。有时候，它不再只盯着贪财汉的脸，而且，有那么一两个小时，它还会时不时走开。贪财汉很高兴，干得更带劲了。

三年过去，他的工作已经接近尾声，猪也只在吃午饭时才靠过来。这时，夫人的女佣因为暴脾气死了，也拎着扫把来到地狱。她一眼就发现，在一个僻静的角落里有两堆灰——那正是贪财汉先生埋头苦干多年的成果,而这时,他刚好离开一小会儿。

"这地方可真乱。"女佣嘟囔着。

她把两堆灰扫到一起,装进簸箕,然后提出去,埋在了大门口。

骨灰刚一消失,贪财汉就发现,猪又回来了,又没日没夜地黏着他。奇怪的是,一时的震惊和愤怒之后,他坦然接受了这个现实。他们俩日日夜夜待在一起,其实,这也没什么大不了的,是能接受的事。只是这一回,贪财汉有了更多的感受。他发现猪是个不错的伙伴,在这个鬼地方,还有谁能成为他更好的伴儿呢?一百年快过去了,他甚至教会它玩金罗美纸牌游戏,虽然它玩起来爱耍赖,很不要脸。至于女佣,她在地狱的另一处安居下来,整天忙着扫她的壁炉和炉前地毯,把那里弄得干干净净。

完美的人

    有个叫安吉拉的小姑娘,她从来不做错事。千真万确,她就是个完美无缺的孩子。她比任何人都更有修养,还会把衣服挂起来,从来也不忘记喂鸡。不仅如此,她的头发总是梳得一丝不乱,从来也不咬指甲。因为这个缘故,许多不怎么优秀的人都很讨厌她。不过,安吉拉并不在意。她只顾继续做完美无缺的孩子,从不理会别人怎么说。

    魔鬼听说了安吉拉的事,十分生气。"不行,"他对自己说,"我通常不怎么在乎孩子,可这个女孩是个例外!想想她长大后会变成一个什么样的女人——她唯一的缺点就是没有缺点!"只要一想起这件事,他就坐立不安地来回踱步。于是,他把所有能惹安吉拉发火的办法列了一长串清单。如果顺利的话,最好能让她抓狂。"她只要发过几次脾气。"魔鬼说,"就不会再像现在这样完美啦。"

然而,魔鬼太低估安吉拉。他让她长水痘,用毒藤毒她,派许多蚊虫去叮她,但她从不抓挠,甚至没有一点点痒的样子。他派了头牛去踩她最喜欢的玩具娃娃,她也没流一滴眼泪。相反,她连眼睛都不眨一下,当众就原谅了牛,还连声说没关系。在接下来的几周里,魔鬼又使了很多坏,不是把她的可可弄得太烫,就是把她的麦片粥搞得太凉,可这些都没有让她发火。似乎事情越糟糕,安吉拉反而越高兴,因为这些磨难给了她机会显示她有多么完美。

时光飞逝,好几年过去,魔鬼几乎用尽了清单上的办法,只剩下最后一个。安吉拉仍然不失风度,仍然显得比别人更有教养。"不管怎样,"魔鬼自言自语

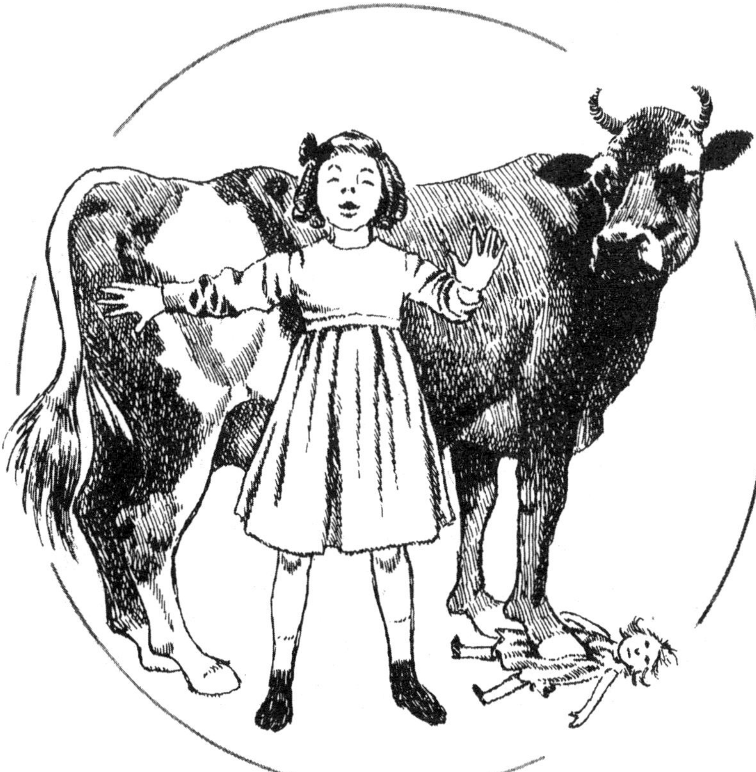

道,"最后一个计划不能失手,我势在必得。"他耐心地等待合适的时机。

那一刻终于来临,魔鬼的最后一条计策奏效了——说实话,简直完美极了。他的这个办法一经实施,安吉拉就会每天至少发一次脾气,有时更频繁。一段时间以后,她变成了一个经常发脾气的人,从此与完美再也不沾边。

魔鬼是怎么做到的呢?很简单。他只是看着她嫁了一个完美的丈夫,住在一座完美的房子里——对了,他还送了她一个说得过去的孩子。

玫瑰和小鬼

❦

有这么一个小鬼,他天生敏感、不容易满足。没准儿他根本就不该在地狱,可上帝知道,他没别的地方可去。只要他在旁边,魔鬼就觉得不自在,因为他和别的鬼不太一样。于是,魔鬼派他去看守藏宝室,希望能眼不见心不烦。

小鬼每天的工作就是守着藏宝室。他坐在那里无所事事,因为几乎没有谁会到这个地方来。架子上的东西琳琅满目,从银罐子到金牛犊,应有尽有。他就那样痴痴地坐着,对着它们发愣。最让他入迷的是一个画了许多玫瑰的瓷花瓶。那些玫瑰娇艳欲滴，如彩虹般绚丽多彩，如果地狱里有像玫瑰这样可爱的东西该多好！

可地狱里哪有什么玫瑰，当然更不会有彩虹。小鬼越看越想要玫瑰，最后，他去见魔鬼，问能不能让他拥有一个花园。

"哦，"魔鬼说，"这个要求真滑稽。想要花园，你究竟打的什么主意？"

"我只是想种点东西，"小鬼说，"比如花。"

"花？"魔鬼惊呼道，"什么样的花？"

"嗯，"小鬼有点忐忑，"就是玫瑰之类的花。"

魔鬼说："玫瑰？在地狱种？你怎么冒出这个念头？"

"因为藏宝室的那个瓷花瓶。"小鬼说着，脸上泛起一片羞涩的暗红色。"我想，"他坦白地说，"我心里有块软软的地方很容易被感动，我真的对玫瑰情有独钟。"

"你算哪门子的鬼？"魔鬼恼怒地说，"有个软软的地方？在你心里？你哪里有什么心！说起软软的地方，你知道它是什么意思吗？苹果有块软软的地方就意味着它快烂了，而一只坏苹果会让一整筐好苹果烂掉。所以，别和我谈什么软软的地方或被感动的心，也别提什么玫瑰，想都别想。如果你真想要一个花园，你可以有，我想，但你必须种些合情合理的东西，比如毒芹或乌头根①。"

"好吧。"小鬼难过地离开了。他来到一个僻静的地方，锄好地，然后种了些天仙子②、毒芹和乌头根，甚至还有一些剧毒颠茄。虽然那些植物都如野草般疯长，他却没有一丝喜悦，因为它们原本就该是那样。唉，他还是喜欢玫瑰。

终于，他再也无法忍受。一天晚上，他蹑手蹑脚地溜出地狱，一路奔波来到人间。人间正是五月，万物散发着芬芳。他偷了一小丛玫瑰带回地狱，把它种

---

① 乌头根：西方中世纪配制毒药的一种材料，叶子和根都有毒。
② 天仙子：有毒，叶子有恶臭味和黏性。传说可以用它制作飞行油膏，焚烧它可以召唤魔鬼。

在他的花园后面，并用高大的毒芹围着挡起来。

小鬼很吃惊自己竟会如此大胆，同时又担心这事会暴露。还好，在很长一段日子里，没人想到这里会有一丛玫瑰。即使魔鬼路过，他也只是赞赏毒芹和剧毒颠茄，并称赞小鬼出了个好主意。一天早上，在玫瑰丛中，一个花苞绽放了。它洁白柔滑，就像是婴儿的拳头。

小鬼看着花，完全被迷住了。但很快，他又感到害怕。这朵玫瑰花与瓷瓶上的长得很像，都那么令人赏心悦目，可它有一样东西是彩绘玫瑰花没有的，那就是它的香味。小鬼不知道它会有香味。现在，地狱里的那一片地方弥漫着扑鼻的芬芳。

就连宝殿里的魔鬼，也像"杰克和魔豆[①]"里的巨人一样，嗅到了香味。他没有像故事里的巨人那样"哇呀呀"地大声怒喝，只是问："那是什么味道？"他来来回回地转悠，四处找寻。

---

① "杰克和魔豆"是一个英国的童话故事，讲述了男孩杰克从巨人手里偷走下金蛋的小鸡和竖琴的故事。

这正是小鬼担心的事。他慌里慌张地摘掉这朵花，把它埋起来。香味渐渐淡了，最后消失得无影无踪。

"哼！"魔鬼说，"一定是个噩梦。"他不再关心，回头忙别的事去了。

小鬼因为那朵被埋起来的花而暗自伤心。

"我还能有什么办法呢？"他深深地叹了口气。然而，第二天早上，同样的事情又发生了，另一朵玫瑰花开了，依然香气扑鼻。当然，它也被摘掉并埋了起来。

这一次，魔鬼知道自己闻到的气味绝对不是梦。"一定是那个讨厌的小鬼头。如果没有猜错的话，他一定在他的花园里种了丛玫瑰。明天我要抓他个正着。"

第二天清晨，魔鬼起了个大早，然后直接去了小鬼的花园。一股浓郁的玫瑰花香扑面而来。果然，他一眼就发现了藏在毒芹后面的玫瑰丛，一支含苞欲放的花骨朵正冒出来。他还看到，小鬼蹲在花丛旁，正要去摘花。

"啊哈！"魔鬼得意扬扬地大喊，"瞧瞧这儿有什么好东西？"

虽说小鬼是个不容易满足又多愁善感的小东西，可关键时刻，他的反应也很敏捷。尽管吓得直打哆嗦，他还是灵机一动地说："收获的季节到了，我在收我的荆棘呢。"

"荆棘！我的姑奶奶，"魔鬼说，"那是玫瑰。"

"哦！大人，不是。"小鬼说，"抱歉，它的确是丛荆棘。您好好看看，它上面的刺比花多得多，所以我才种的。等收获时，我要把所有的刺都献给您。"

"刺是很多嘛！"魔鬼说，"可事实是，你手里拿着的白东西恰巧是朵玫瑰。"

"天哪！"小鬼惊叫道，"是真的吗？太丢人啦！荆棘原来这么诱人！"

魔鬼心里一清二楚，小鬼明明知道那是玫瑰；小鬼也清楚，魔鬼知道自己认得玫瑰。可种荆棘的说法打动了魔鬼，荆棘的确可以派上很多用场呢！于是他耸耸肩膀，说："很好。如果你愿意，我要封你当我的第一位、也是仅有的一位荆棘种植官。不过，你得马

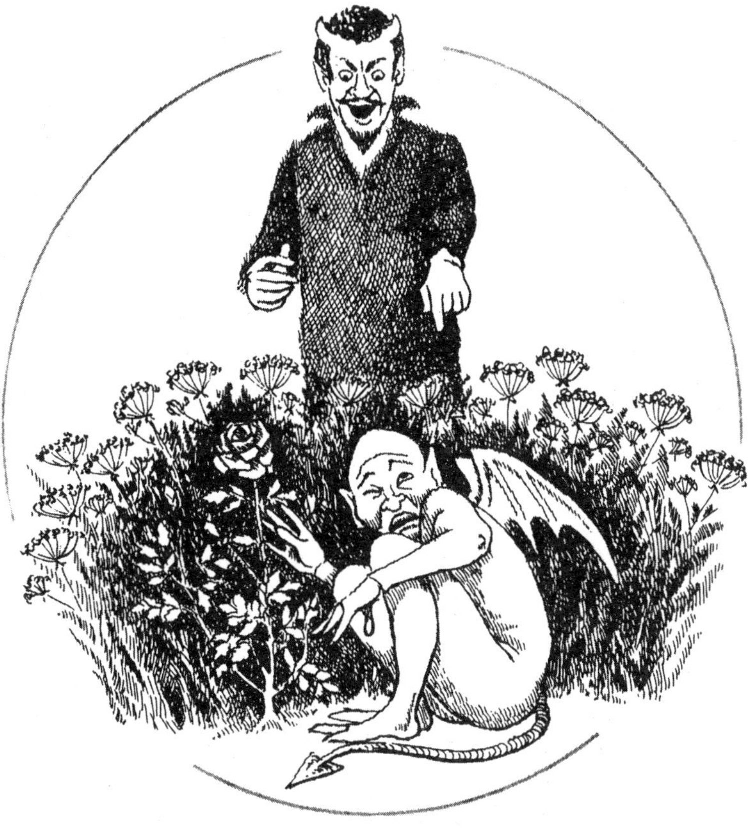

上拔掉那些可怕的玫瑰，改种一大株仙人掌。还有，你工作时，再去弄一罐黑瓷釉，把那个有玫瑰图案的瓷花瓶涂上一层厚厚的釉。哼！只要我在，地狱里休想有什么玫瑰！"

小鬼只得拔光玫瑰，在毒芹后面种上仙人掌，他非常伤心；往瓷花瓶上涂黑釉时，他更伤心。尽管如此，他明白，自己还算走运，因为只受到这么小的惩罚。他毫无怨言地照料着花园，收获了好多好多荆棘。

他继续看管着藏宝室。再看到那个涂成黑色的瓷花瓶时，他已经没有任何愉悦的感觉。好多天以后，魔鬼不知为什么来到藏宝室，他看到这个花瓶，诧异地说："咦！这么丑的东西放在这里做什么？把它拿出去扔了。"看来，他已经完全忘了玫瑰这回事。

于是，小鬼照魔鬼的吩咐做了。他把花瓶拿出去，扔到垃圾堆里。花瓶落到地上，碎成了许多片，有些黑釉掉了下来。在一片掉了釉的碎片上，有一朵清晰可见的玫瑰花。它看上去洁白柔滑，犹如婴儿的拳头。

小鬼捡起碎片，磨掉锐利的边缘，把它带回家，藏在自己的枕头底下。啊！他终于拥有了属于自己的珍宝。从此，在小鬼看来，地狱这地方比原来要好一些了——虽然他本不属于这里，可谁让上帝糊里糊涂，不知该把他放到哪儿去呢？当然，画的玫瑰哪里比得上真玫瑰，可总比没有强啊。想起玫瑰就在他的枕头底下，小鬼心里有点微微的欢喜。他悄悄地守着这个只有他自己知道的小秘密。

会说话的山羊

　　很多人都说，从前，世界上的每一头山羊都得下地狱，好让魔鬼梳理它们的胡须。这显然是胡说八道。即使魔鬼愿意，他也没有工夫来伺候世界上所有山羊的胡须。他自然不会有这份闲心，可谁又会有呢？天堂里的山羊早已经挤得满满当当，而在人间，所有山羊的胡子都乱七八糟地翘着，打满结、长满毛刺，还沾满了蒲公英的汁液。

　　尽管魔鬼不愿意给山羊们打理胡须，但他还是像喜欢别的东西一样喜欢山羊。他总爱随身牵着一头山羊，就像带着一只宠物一样。他对它们非常好，而山羊呢，无论别人对它或好或坏，它都无动于衷。这就是魔鬼为什么如此喜欢它们的原因之一：山羊是彻头彻尾的冷血动物。

最近，人间有一头山羊引起了魔鬼的注意。这只山羊块头很大，长着弯弯的角，是当地每次山羊大赛的获胜者。"我想要那只羊，"魔鬼自言自语地说，"我就是拽着它的胡须，也要把它拽来。"不用说，魔鬼明白，动物——尤其是山羊，不会像人类那样是非分明。动物们才不管什么对与错呢。所以，天堂或地狱，对它们，尤其对山羊来说，没什么区别。魔鬼只要到人间去，找到那间山羊住的小棚屋，直接将它带走就可以了。

他唯一需要对付的是山羊的女主人，一位精明的老妇人。她知道魔鬼有多喜欢山羊，也知道他多么讨厌钟声。于是，她把这只名叫沃尔帕吉斯的山羊拴在院子里的一棵树上，并用丝带在它脖子上系了一个小铃铛。沃尔帕吉斯讨厌钟声的程度几乎不亚于魔鬼，但它既说不出来，又对铃铛无计可施，所以只能静静地站在那儿，不让铃铛发出声音。这让一些路过的人以为，它是一个摆在那里仅供观赏的毛绒玩具，而不是一只真正的山羊。因为经过的人总是喋喋不休地问，老妇人只好挂了一个牌子，上面写着："这是头真山羊。"从此，她的日子才平静了一些。不过，沃尔帕吉斯一点也不在乎，它才不管别人是怎么想的呢。

魔鬼也不管别人怎么想，他仍然一心想要这只山羊。铃铛的事在他脑海里转啊转，他琢磨来琢磨去，想找到一个办法。于是，他离开地狱，来到老妇人家，想和她聊聊，希望事情能出现转机。老妇人听到敲门声，过来开门。魔鬼迫不及待地说："你听着，我要带走你的山羊。"

老妇人上下打量了他一番，不紧不慢地说："把它带走吧。如果你能带走它，它就是你的。"

魔鬼瞥了一眼，只见院子那头，沃尔帕吉斯被拴在树旁。"如果我把绳子解开，铃铛就会响，可我受不了铃铛声。"他说着打了个冷战。

"我知道。"老妇人说。她看上去扬扬得意。

魔鬼强忍怒火,想套套近乎:"我可以给你任何你想要的东西,只要你拿走那个讨厌的铃铛。我甚至可以让你当世界女王。"

老妇人咯咯地笑起来:"我已经拥有我的屋子、我的羊和我需要的一切,为什么还要自找麻烦呢?你帮不了我什么。"

魔鬼气得咬牙切齿。"在山羊身上拴个铃铛,这也太恶毒啦。"他气哼哼地说,"如果它是我的羊,我绝不会这样做。我敢用一桶硫磺打赌,它一定恨那铃铛。"

"省省你的硫磺吧,"老妇人说,"它只是一头山羊。它才无所谓呢。"

"可是,如果它能说话,就会告诉你。"魔鬼说。

"可能吧。"老妇人说,"我倒是常常盼着它能说话,如果有这种可能的话。可在它说话以前,我无论如何也得留着它。好啦,你请回吧。"她砰地关上门。

这倒让魔鬼想到一个好主意。他回到地狱,做了一个掺了说话魔力的小饼,紧接着又马不停蹄地赶回人间,把它扔给沃尔帕吉斯。山羊立刻嚼起饼来,狼吞虎咽地吞了下去。魔鬼马上变成一只田鼠,藏在草丛中,等着看好戏。

过了一会儿,只见沃尔帕吉斯抖抖身子,铃铛被晃响了。它张开嘴,骂了一句很恶毒的粗话。听到自己说的话,沃尔帕吉斯脸上露出大吃一惊的神情,眼睛瞪得老大。接着,它又眯起眼睛,骂了些粗话,吐词清晰准确。一头山羊能笑得多欢,沃尔帕吉斯就笑得有多欢。只见它一边扯着绳子使劲往外挣扎,一边粗鲁地喊道:"屋子里的人,你听着!"

老妇人走到门口,探出头来。"谁在那儿?"她狐疑地问,到处张望。

"是我!沃尔帕吉斯!"山羊说,"快出来,把这个铃铛拿走。"

"天!你可以说话!"老妇人这才发现。

"我可以说话啦。"沃尔帕吉斯说,"我想拿走这个铃铛。现在就拿走!快点!"

老妇人双手叉腰,盯着山羊看了一会儿。"我真没想到你会是这种货色。"

"见鬼!"沃尔帕吉斯随口说,"有什么要紧呢?我说的是这个铃铛。快过来把它拿掉!"

"我不能。"老妇人说,"如果我这样做,魔鬼肯定会把你偷走。"

"如果你不干的话,"山羊说,"我会大喊大叫,闹得鸡犬不宁。"

"你就叫吧。"老妇人说,"在这件事上,我没什么选择。"说完,她回到屋里,关上了门。

沃尔帕吉斯果真大喊大叫起来,它把知道的所有粗话都骂了个遍,一遍又一遍,声音响亮而清晰,整个乡野都回荡着它的叫骂声。很快,老妇人用手指堵着耳朵走出屋子。"住口!"她冲山羊吆喝道。

沃尔帕吉斯马上停止叫喊。"那就快点动手。"

"好吧,我这就去解开!"老妇人说,"这下你们俩高兴啦。如果早知道你是这种山羊,我一开始就该这么做,只有魔鬼才配来养你。"她摘掉铃铛,放了沃

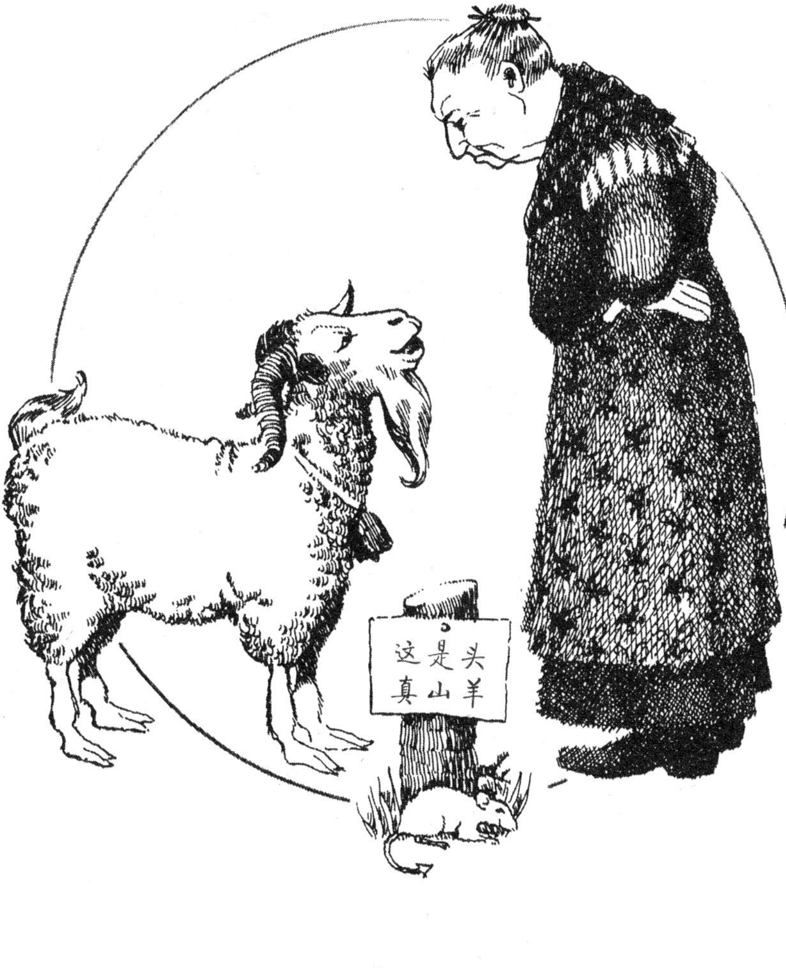
这是头
真山羊

尔帕吉斯。魔鬼立刻从草丛中窜出来,领着山羊径直回了地狱。

有趣的是,魔鬼能施展魔法让山羊说话,却不能让魔法消失。很长一段时间,地狱里多了这只能说话的山羊,的确很逗乐,但大家并没乐太久,事情就变了样。沃尔帕吉斯实在太喜欢抱怨。它老是不满意,而且又能说会道。天气太热,他抱怨;吃的东西太干,他抱怨;就算没事可干闲站着,他也抱怨。"我还不如戴着铃铛。在这个地方走来走去怪烦的。"沃尔帕吉斯说。

"别提铃铛!"魔鬼说。

这正好提醒了沃尔帕吉斯。它开始模仿所有听过的铃铛声大叫起来,声音嘹亮而清晰:"当当,叮叮,叮当,梆……"它一遍一遍地大叫,声音响彻整个地狱。

最后,魔鬼用手指堵着耳朵眼,跳起来。"住口!"他冲山羊喊道。

沃尔帕吉斯马上停止叫喊。"那就赶快做点什么吧。"它催促道。

"好吧，我会的！"魔鬼说。他先把沃尔帕吉斯变成一个毛绒玩具，然后带它回到老妇人的住处，把它拴在树上，留在院子里。

老妇人看见山羊回来了，匆匆跑出来看是怎么回事。当看到它现在的模样时，她自言自语地说："看哪，这就是太能说的下场。"她仍然把铃铛系在它的脖子上，让它站在原地。写着"这是头真山羊"的牌子还挂在那儿，可没有人看出来有什么不同。这样，每个人——除了沃尔帕吉斯——都满意了。

占卜师

🪷

有一个占卜的妇人,她的占卜技艺不怎么好。不管谁来占卜,她都只会翻来覆去说这三句:"你会遇到一位高大、皮肤黝黑的陌生人。""你会走很长很长的路。""你会发现一罐金子。"通常,她占卜时有个很啰唆的仪式:她要举着一个水晶球吟唱一会儿。仪式在一个阴暗的、点着一支蜡烛的小客厅里进行。高兴时她会戴块头巾,头巾前面粘着一块大得显眼的玻璃宝石。尽管仪式那么唬人,占卜词本身听起来也不错,可惜,她的占卜一个都不准。因此,没过多久,她门庭冷落，只能靠洗衣服来维持生计。可她门上的那块牌子没有摘掉——上面写着"占卜师欧更莎太太"，其实她的本名叫贝茜——万一有谁来占卜呢。

一个漆黑的夜晚，几个窃贼扛着不知从何处偷来的一包金币，偷偷地溜进村子，藏身在一个谷仓里。早上，农夫循着阵阵的鼾声发现了他们。他举着叉子赶跑了窃贼。窃贼们慌不择路，不得不丢下藏在干草堆里的战利品，再也不敢回去拿。

这天上午，农夫请来一位挤奶女工。女工初来乍到，没有人提醒她占卜师不太灵这件事。她拿着第一天的酬金去占卜。欧更莎夫人戴上头巾，点燃蜡烛，喃喃地哼唱了一会儿，然后说："你会找到一罐金子。"

"太棒啦！"挤奶女工很高兴。她跑回去，爬上干草垛的梯子，打算找个安静的地方想想发财以后都要做些什么。就这样，她坐到了窃贼的包裹上。她拉出包裹打开。啊！果然是她的金子，一大把耀眼夺目的金币，和占卜的结果一模一样！

"哇！太棒啦！"挤奶女工开心地说。她系上包裹，

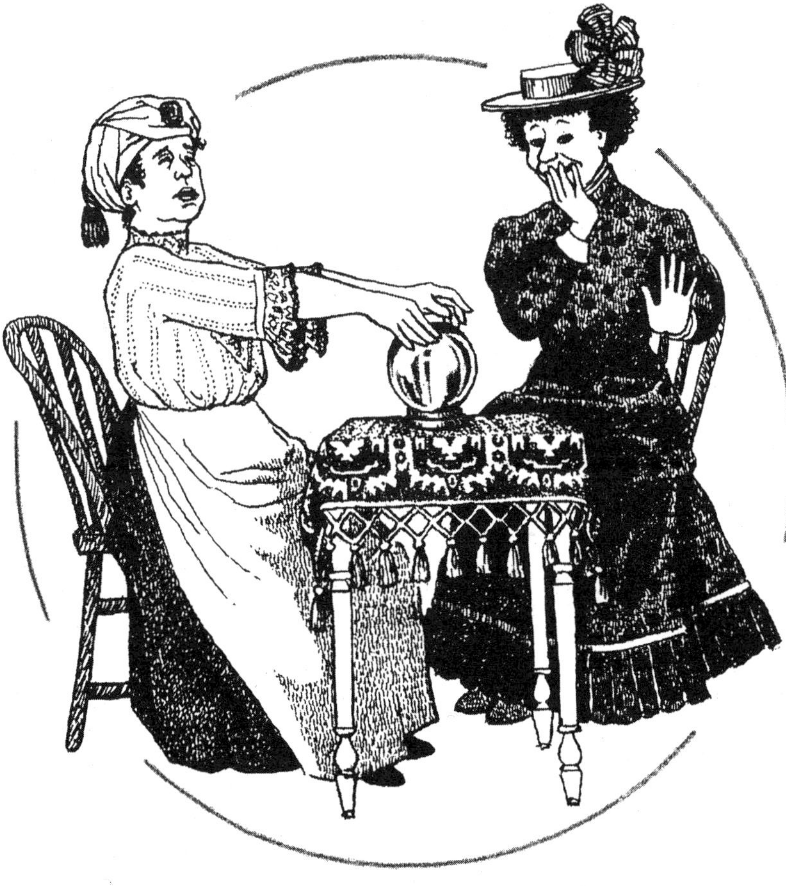

爬下梯子,去找农夫。"喂,"她说,"这包裹是你的吗?"

"不,"农夫说,"不是。"

"太棒啦!"挤奶女工说,"那么,这就是我的了。欧更莎夫人说我会找到金子,果然是这样。"她让农夫看了一眼里面的金子,然后得意地离开,去过她的新生活,谁也没再听说过她的消息。不过没多久,农夫好像看见她在一辆行驶的马车上。他说,她的帽子上插满了花团锦簇的羽毛,膝盖上还趴着一条小白狗。

这件事很快传遍整个村子,大家都议论纷纷,闹腾得惊动了魔鬼。魔鬼竖起耳朵问:"那是什么聒噪声?"弄清缘由后,他立刻乐颠颠地赶到人间,想要去添些乱。他想,欧更莎夫人的占卜生意一定好转了。

果然,人们排队等着占卜,长长的队伍一直排到河边,又折回来。每个人都兴高采烈,把原本忙乎的事抛在脑后。没有人再去给牛挤奶,没有人去喂猪,面包被丢在烤箱里,烤成了炭渣。欧更莎夫人信心大增,认定自己终于开了窍。她不停地给人占卜,尽管说来说去总是那三句话。

往后的这段日子,因为魔鬼的插手,村子完全不是原先的模样。有22个人发现了金罐,搬到城里去住。但他们很快就发现,日子过得无聊透了,可他们太骄傲,谁也不愿意承认。还有37个人走了很远很远的路,跑到婆罗洲或者秘鲁那种根本回不来的地方,最后被迫砍竹子或者在安第斯山上放牧美洲驼为生。

剩下的人都碰到了高大的、皮肤黝黑的陌生人。这些陌生人戴着黑帽子,披着斗篷,留着长长的黑胡子,在村子里晃来晃去,看上去很吓人。大家都不敢再住在这里,纷纷逃往别的村子投靠亲戚去了,从此生活在无尽的郁闷中。

最后,人都走光了,只剩下欧更莎夫人和那些陌生人。陌生人忙着照看被丢下的牛和猪,根本不想占卜。于是,欧更莎夫人干脆摘下自己的招牌,安心当她的贝茜去了。她接下给陌生人洗衣服的活——他们的衣服都是黑色的——任劳任怨地洗着衣服。她把她的水晶球放在花园里——这是最合适的地方,每当阳光照在水晶球上,连紫罗兰花都黯然失色。

公　平

地狱里很少有什么稀罕事。最起码,魔鬼什么世面没见过呢?除了这一次,听说有人在地狱里发现了一头犀牛!

"荒唐!"魔鬼说。

"我知道这件事,"传来消息的大鬼说,"而且我还亲自去看了看。它就在那儿,好大一个活物,角上有个窟窿。它走路慢吞吞的,吸着鼻子,大声喘气。我得说,它看起来真不好惹。"

"奇怪!它来这儿干什么?"魔鬼说,"好吧,没关系。也许它会自己走开。"

就在这天，一个叫邦斯的男人意外地来到地狱。邦斯是个本领高强的猎人。他整日在荒野中匍匐前行，用猎枪射杀动物，源源不断地向商人提供大象脚伞架、兔毛手套和驯鹿角衣架，以及别的可爱、有用的玩意。不料这一天，在撤退时，他不小心退到一条蟒蛇的大嘴里。蟒蛇趁机逮住邦斯，并使劲收缩肚子去挤邦斯。等邦斯反应过来时，发现自己已经身处地狱。他不禁气喘吁吁，大惊失色。

"真是个好兆头！"邦斯被带来见魔鬼。魔鬼很高兴："真凑巧，我们正要找你这样的。这里来了一头乱跑的犀牛，它老是呼哧呼哧吸着鼻子。我们拿它没办法，大家都很不舒服。你出去逮住它，然后我们把它关起来，让大家凭票入场参观。"

"没问题。"这时，邦斯已经缓过神来，恢复了元气，"可我不太喜欢带活物回来。"

"邦斯，邦斯，"魔鬼说，"你还有很多东西要学。这里不像人间，用不着枪，你得弄张网去抓它。但是要小心,这犀牛的角上有个窟窿,据说它很不好惹。"

"它角上有个窟窿吗?"邦斯问道,脸色变得苍白。

"情况就是这样。"魔鬼说。

"天哪,"邦斯说,"那个窟窿可能是我戳的。"

"我一点也不感到惊讶。"魔鬼说,"抓紧!按我吩咐的去做。"

于是,邦斯不得不拿着一张大大的绳网,在地狱的荒野中匍匐前行,去寻找犀牛。显然,因为手里没有枪,他满心恐惧,唯恐会遇上它。那一天,他到处寻找,却一无所获。他只听到犀牛拖沓的脚步声、鼻子抽气的声音和粗重的喘息声,却什么也看不见。然而,当夕阳西下,他正在搭帐篷时,灌木丛外爆发出一阵犀牛的吼声。紧接着,那头犀牛就像一辆没有刹车的公共汽车,一路冲下山坡,在荒野中追逐着邦斯。它来来回回地追了邦斯一个晚上,直到天亮才消失。

这样的事连着发生了三次。最后,邦斯拖着沉重的脚步去见魔鬼。"你看看,"他抱怨道,"应该我去追犀牛的,可莫名其妙的是,它一直在追我。它追了我整整一个晚上,然后就消失了。我受不了啦!再这样下去的话,我会垮掉。"

"这样下去?"魔鬼问,"你当然得这样下去。你迟早会抓住它。这事就指望你了。在完成任务以前,你别来见我。"

邦斯拖着沉重的脚步回到荒野。他本想在白天睡觉,却翻来覆去睡不着。犀牛拖沓的脚步声、粗粗的吸气声和沉重的喘息声一直在他看不清的地方回响着。到了傍晚,太阳刚一下山,犀牛就跃出灌木,在后面疯狂地追赶他,一直到早晨。

这样过了三个星期,邦斯被折磨得精疲力竭,他的靴子也磨破了。他干脆放弃追捕犀牛,过起野生动物一样的生活。他时刻保持着警惕,连觉也睡不安稳。他还挖了个藏身的洞。当然,只要他晚上钻出来做饭,犀牛就会在那儿等着追赶他。他们咚咚咚地在荒野里窜来窜去,直到太阳升起。

又过了一段日子,魔鬼发话道:"好吧,邦斯虽然做得不是最好,但也不赖。他可能追不上那只犀牛,

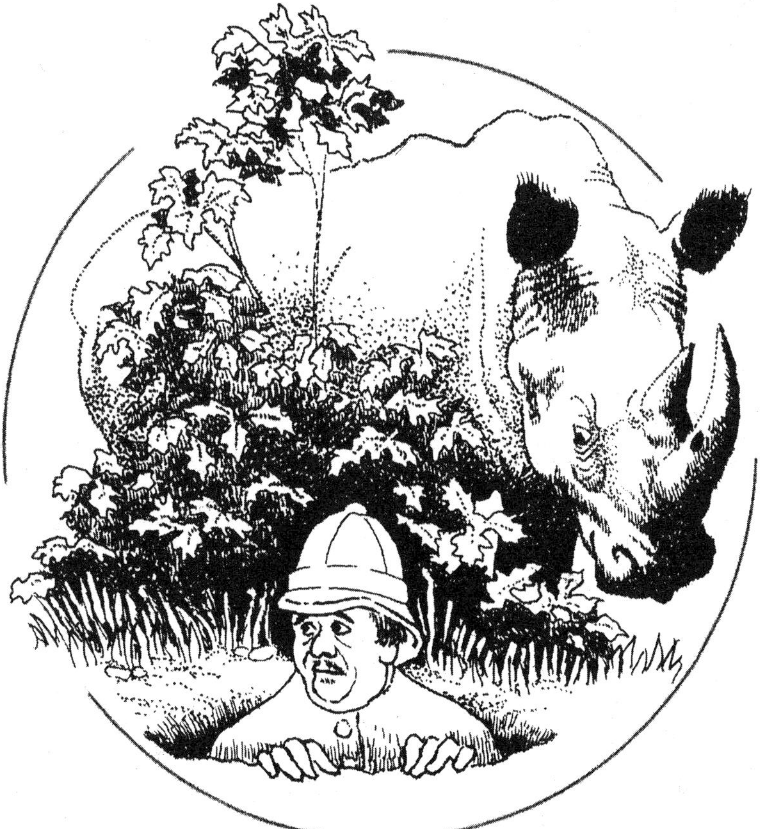

但至少，他让它一直忙着。"

"没错。"大鬼附和道。

"那么，就不管他了。"魔鬼说，"传令下去，说危险已经解除。"

于是，大鬼传令下去，大家都松了一口气。每过一个月光景，魔鬼就会派人给犀牛送些新鲜的干草，给邦斯送双新靴子——这样就公平了。

士 兵

曾经有个士兵习惯了打仗,可突然之间,在这个特殊时期,哪里都找不到仗可以打。他感到无所事事。怎么办呢?他只能做一些可以做的事:磨亮剑、刷亮靴子,在一条宽敞的道路上练习正步走。他把腿踢上踢下,踢得不亦乐乎,夹克上的羽毛和流苏被震得晃来晃去,纽扣在阳光下闪闪发光。在他眼里,一切都生机盎然。

有一天,魔鬼伪装成颤颤巍巍的老人,挂着一根大拐杖走过来。看到士兵,他停下来。"天哪!"魔鬼惊呼,"你的动作多么优雅!"

士兵向他敬了一个漂亮的军礼。"老先生,承蒙夸奖。我在练习走正步。"

"这样啊。"魔鬼说,"你为什么不到别处打仗去?"

"现在没有战争需要我去冲锋陷阵啦。"士兵叹了口气说。

"别泄气,"魔鬼说,"你很快就会转运。"

"希望如此。"士兵说,"我爱打仗胜过一切。我见识过几场让人愉快的战斗,老先生,那真是让人开心啊。"

"是啊!"魔鬼说,"我完全赞同。"

"我在赫利奥波利斯抗击过土耳其人。"士兵自豪地说。

"是吗?"魔鬼说,"我也在场。"

"好吧,我还参加过圣多明各起义。"士兵说。

"我也在场。"魔鬼说。

"真的!"士兵说着皱起了眉头,"不过,我还在奥斯特里茨跟随过拿破仑呢。"

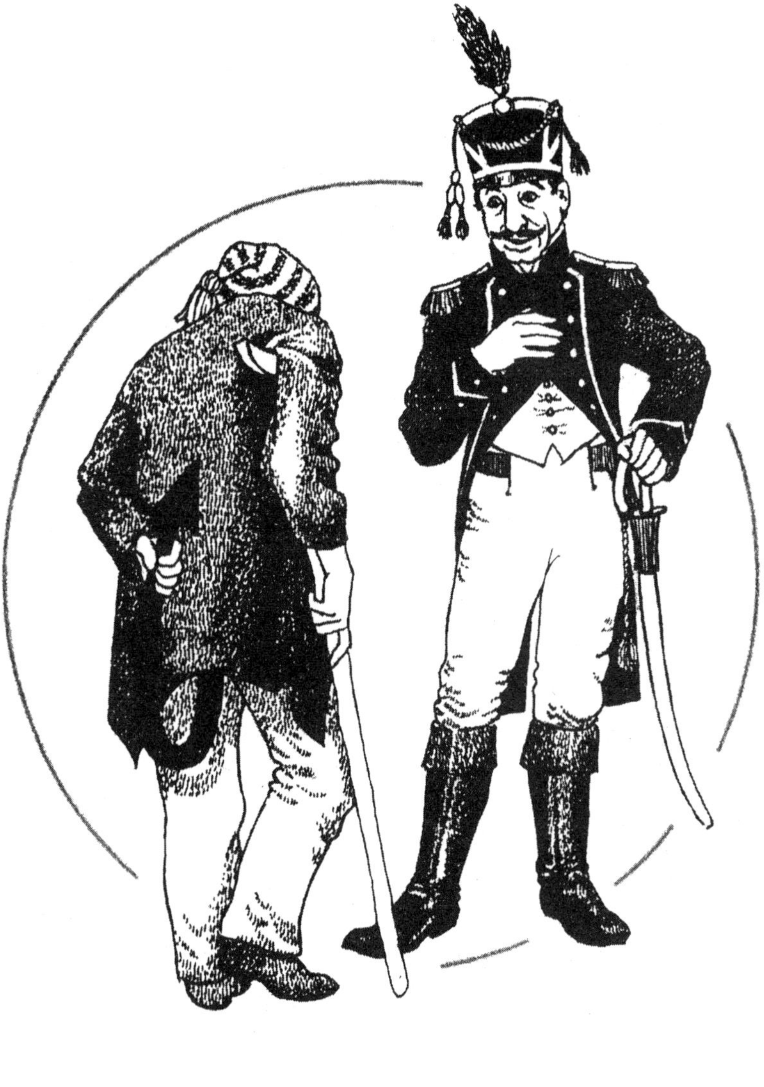

"我也在场。"魔鬼说。

"哦?"士兵说,"你也见识过不少战役?"

"哦,是的。"魔鬼说,"其实,我没错过任何一场战争。"

"我想,"士兵说,"你会说你参加过滑铁卢战役。"

"我在场。"魔鬼说。

士兵扬起一边的眉头。"好啦,好啦,老头。接下来你会告诉我,你攻打过特洛伊,而且还和恺撒大帝一起攻占了高卢!"

"没错,"魔鬼说,"我在场。"

这名士兵忍住笑,根本不相信自己所听到的。但他不想失礼,就对魔鬼说:"看来,我还要走很长的路,才能赶得上您。"

"没错,"魔鬼说,"的确如此。"

"好吧。"士兵说着,抬手掩着脸偷笑,"我得去走正步了。也许我们会在下一场大战役中再见面。"

"也许会吧。"魔鬼说,"我一定会到场。"他毫无顾忌地大笑着,拄着拐杖,扬长而去。

摆　渡

有人认为地狱里干燥得一塌糊涂,其实不是这么回事。地狱的城墙里有四条美丽的河流。第五条叫冥河,清澈的河水绕着整个地狱缓缓地流淌。

地狱的这条冥河就像城堡的护城河一样,可它上面一座吊桥也没有。冥河上有一位名叫卡戎的老渡夫,你只能坐他的船过河。平时,卡戎都独自在冥河上划船。可有一天,他遇到了麻烦,就到宝殿求见魔鬼。

"怎么啦?"魔鬼边问边放下正在读的小说。

"唉!"卡戎说,"这些人在人间都有各自的烦恼,只是你不知道。"

"他们在人间总会有烦恼。"魔鬼打着哈欠问道,"那又怎样?"

"唉!不管是些什么烦恼,"卡戎说,"他们成群结队地涌下来,我干不过来。你得再安排一艘渡船。"

"是吗?"魔鬼说,"太好啦!我去看看。"

果然,成群结队的人挤在冥河对岸,等着摆渡。有些人急不可耐,一分钟也不愿多等,在队伍里骂骂咧咧。他们的鸟笼、箱子和袋子堆积如山,乱作一团。

"我已经尽力了。"卡戎对魔鬼说,"可你看看这个阵势。"

魔鬼说:"好吧。我亲自来帮帮你,应该很有趣。"

他招来了第二艘渡船。这艘船与卡戎的渡船有点像,但它更像一个筏子,而不是船。魔鬼爬上船,抓住篙杆,把船撑离河岸,在冥河里逆流而上。他没划过船,所以划得没卡戎那么自如,可没过多久,他还是划到了对岸。所有的人正在那儿等着。

"啊哦!"魔鬼招呼道,"女士和儿童先上。"其实那里一个孩子也没有——从没有孩子来过这儿。三个老女人迈上筏子,筏子就装满了。他们开始过河。

"大家好,诸位介绍一下自己吧。"魔鬼边说边打量着她们身上穿的绫罗绸缎。

"我们是姐妹。"第一位老妇人说,"我们是一个望族的最后一代。我们都是重要人物。"

"和这些凡夫俗子混在一起,日子怎么过啊。"第二位老妇人直撇嘴。

"真是天大的错误。"第三位老妇人说。

"的确!"魔鬼笑着回答,"我会找手下调查一下。"

"希望如此。"第一位老妇人说,"嗨!真是难以忍受!看看那些讨厌鬼,我们得和他们搅在一起。那些贱种!看来谁都可以来这里。"

"我们可不希望和乡野村夫混在一起。"

"在人间从来不会这样。"第三位老妇人说。

"这倒是真的。"魔鬼说,"的确,每个阶层的人都会来这儿,可听说天堂也是如此。"

"我不信。"第一位老妇人说,"天堂不是这样。"

"你一定搞错了。"第二位老妇人说,"只有最优秀的人才会去天堂。"

"否则,"第三个说,"为什么叫它天堂呢?"

"这个想法有意思。"魔鬼说,"为什么呢?"

横渡冥河的过程中,三个老妇人一直在愤愤不平地抱怨和抗议。

筏子好不容易到了地狱门口,老姐妹们赖着不愿下船。"我们就没打算进去,"第一位老妇人对魔鬼说,"你应该知道。"

"哦,是的,"魔鬼说,"我知道。"

"这里根本不是我们这个阶层的人该待的地方。"第二位老妇人说。

"你替我们去查查吧,怎么样?"第三位老妇人说。

"我们就在这里等着,赶下一班船回去。"

围绕地狱城墙的冥河沿顺时针方向缓缓地流淌着。它环绕地狱一整圈,距离很长,这并不奇怪。它的水流也不急,很平稳。魔鬼离开筏子上了岸,用篙杆猛地一推,载着老妇人的筏子被水流带着,轻轻地

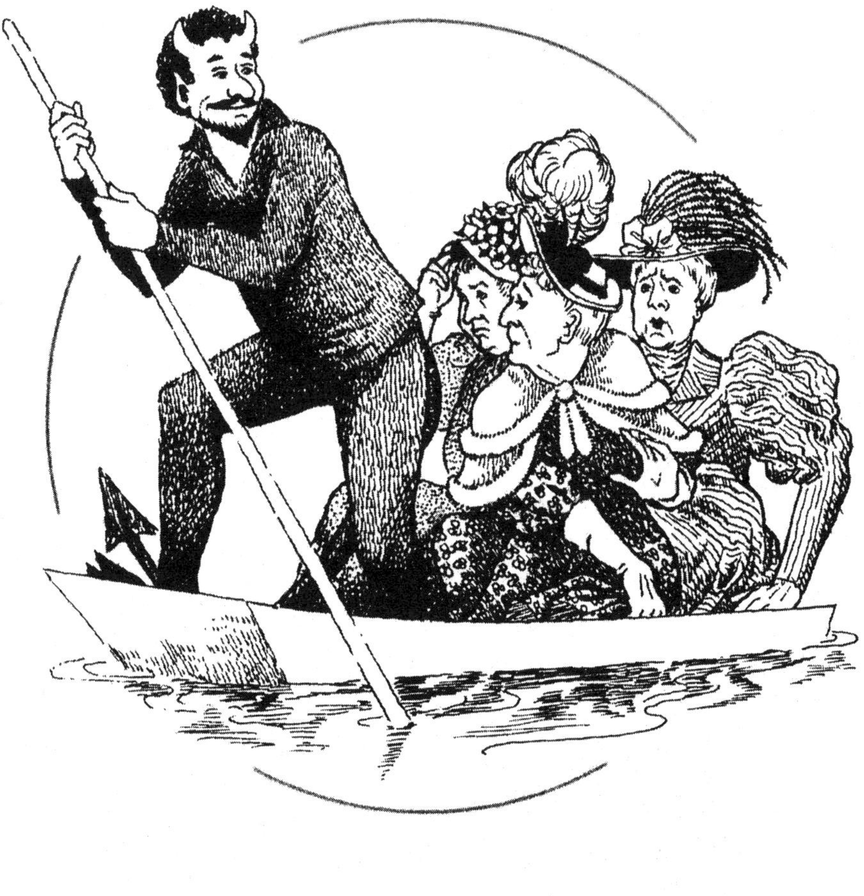

打着转漂走了。魔鬼回到宝殿,派一个小喽啰去帮卡戎干活。现在,他玩够了,只想专心看完小说。

时光流逝,又过了许多年。三位老妇人一直坐在筏子上,围着地狱的城墙漂流。刚开始,魔鬼偶尔还会想起她们,每隔一段时间,他就会在她们漂过的时候出去瞅两眼。当她们经过时,他听到她们那不屑一顾的腔调和冥河一样,没有任何变化。

"一帮乌合之众,"她们说,"流浪汉,不值一提!都是些平民、暴发户、凡夫俗子,哪能和我们相提并论。"她们又说:"还有一些我们这样的人混在里面。他们为什么不弄弄清楚?"

有时,看到魔鬼站在岸边,第一位老妇人会招呼他:"喂!我的好好先生,你有没有调查过我们的情况?"魔鬼会挥挥手,点头致意,看着她们慢慢地绕着城墙转,直至消失。然后,他微笑着穿过城门,回去喝上一杯冰凉美味的苹果酒。一段时间以后,他把三个老妇人忘得一干二净。这并不是因为他太忙。真的不是这个原因。他忘了她们,只是因为她们一点也不重要。

前往伯利恒①的骆驼

你可能觉得地狱里应该会有骆驼，可实际上却没有。骆驼的脾气暴躁得吓人。在上帝最初创造万物时，它们就和现在一样易怒。从早到晚，骆驼唯一做的事就是生闷气。它哀叹老是待在沙漠中；它踢它的孩子们——孩子们又踢回去；它还扯着让人很不舒服的嗓子抱怨着。可是，地狱里还是没有骆驼，永远不会有。

很久以前，在地狱刚刚建成的时候，曾经有过一

---

① 传说中耶稣的诞生地。

头名叫阿克巴的骆驼。这个家伙是个大块头，它邋里邋遢的，和地狱倒是很般配。它是魔鬼特别喜欢的宠物，可以随意到处溜达。它总喜欢卷着长长的、裂开的嘴唇跟所有人报怨。这时，魔鬼会说："哦，阿克巴，看你那得意样儿！"阿克巴冷笑着露出它的黄牙，摆出一副轻蔑不敬的模样，魔鬼却大笑着任由它走开。这种安排似乎也不错。

有一个晚上，人间正是冬天，天空出现了一道从未有过的奇怪光芒。地狱里的大鬼小鬼都看到了它，于是，年轻的鬼、年长的鬼全挤到宝殿里，想知道那到底是怎么回事。

魔鬼也看见了这道光，他很郁闷，但又不想让别人知道。"只是一颗星星而已。"他说，"你们又不是没见过。"

"这颗不一样。"鬼们七嘴八舌地嚷嚷着，"从没有一颗星星像这样。我们真不知道，它是怎么回事。"一个最小的小鬼哭了起来。

"我告诉你们，没事就是没事！"魔鬼恶声恶气地说,"滚开!都给我睡觉去。"

等他们都走了以后,他爬到宝殿的屋顶上,盯着看人间上空那道陌生的光。他非常清楚那里发生了什么事,他心里一清二楚。有一个婴儿①出生了,虽然他不会成为什么大人物,但在很长一段时间里都会是个麻烦。"该死。"魔鬼恨恨地说,"我刚过得顺畅些。"

魔鬼很害怕这件事,但他还是忍不住有些好奇。没过多久,在一个漆黑的夜晚,他打扮成一个阿拉伯人,爬上阿克巴的驼峰,离开地狱,想到人间去看个究竟。他们在小城镇里徘徊穿行,一切都那么宁静和安详。魔鬼提起神来。"这里没有麻烦。"他想,"看上去似乎都一样。"可是,有一道奇怪的光芒,将其中一个小镇②照得亮堂堂的。他不敢去那里。

转眼之间,他们来到了荒郊野外,那里满地黑沙,凄风惨惨。魔鬼被风刮得直打哆嗦,一个劲儿地缩到阿克巴的驼峰下面。他正琢磨着这个地方是怎么回事,

---

① 即指耶稣。
② 即伯利恒。

只见不远处，在一个圆形沙丘的顶部，至少有三个动物在阔步行走。啊！原来是阿克巴的同类——骆驼！它们的脖子上挂满了铃铛和流苏，身上披着富丽堂皇的毯子，驼峰上覆盖着皮革和光滑发亮的木鞍，正昂首挺胸地前行。骑手们穿着洁白的长袍，长袍上布满了用软羊毛织成的精美的条纹和花朵图案，还有刺着金丝刺绣的花边。他们的手指、脖子上都披金戴银，其中一位还戴着金色的皇冠。这时，天空中的亮光低垂下来，映亮了这几个人的脸庞。只见他们露出渴望的神情，急切地向光亮处靠拢。

"你看那儿，"魔鬼对阿克巴说，"如果我没猜错的话，他们一定是去那里看那个婴儿。"他本想摆出一副轻蔑的样子，可这道光芒让他感到惴惴不安。

阿克巴没有嘲笑他，而是从弯弯的喉咙里发出一声温柔的咕噜声。突然，它跪下两条粗壮、疙里疙瘩的前腿，把魔鬼掀倒在沙地上。

"干什么？"魔鬼喊道，"大胆！"

阿克巴仍然跪着，把它那软蓬蓬的脑袋放得低低

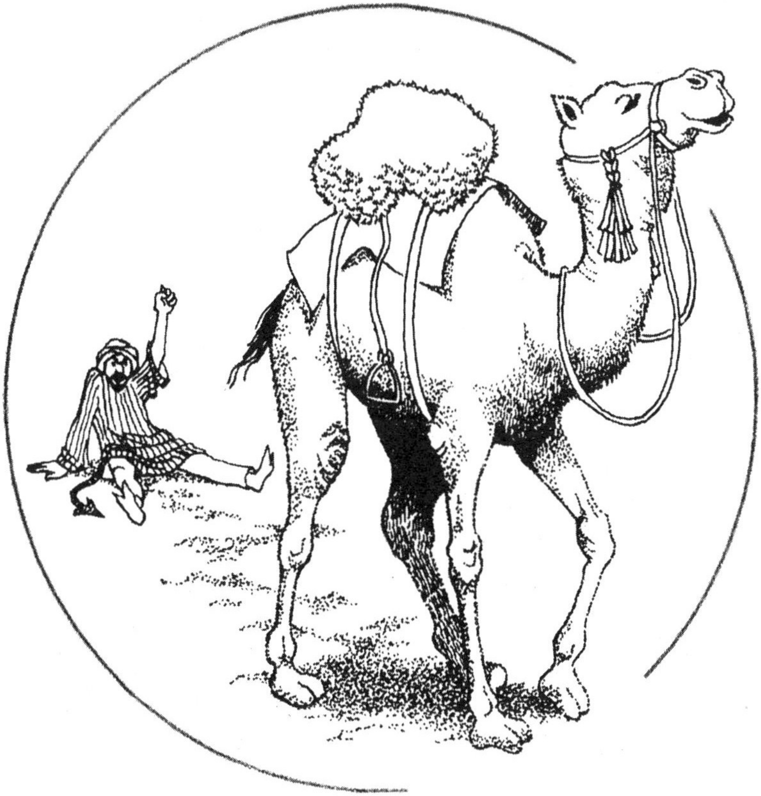

的，直到皇家骆驼队从视线中消失。然后，它立起身，发出一声响亮、愉悦的声音，就像一个装满牛奶的喇叭发出来的冒泡的声音。接着，它跟在那三头端庄、美妙的骆驼后面，朝那奇怪的亮光大步走去。

"该死！"魔鬼骂道，"你不能走！"但阿克巴要走，并且真的走了。魔鬼不敢跟上去。

第二天早上，在地狱里，大家都在问："阿克巴去哪儿了？"

魔鬼回答："管它呢。我们这里不需要它那种家伙。"

从此，他再也没有养过一头骆驼。

路　标

🌷

　　从前，有一对恋人叫吉尔和弗洛拉，他们都觉得自己深爱着对方。可事实上，他们相处得并不好。他们总是为微不足道的小事争吵，连续几天吵得脸红耳赤，拒绝和对方说话，然后又欢欢喜喜地和好，直到下一次翻脸。有一次，两人又吵得不可开交，吉尔对弗洛拉说："我受够啦。我要离开这里，到亚尔古的客栈去住七天。如果你能保证永远不再和我争吵，那给我捎个信，我就回来娶你。"

　　弗洛拉说："走吧，去你的亚尔古小客栈吧，永远别回来。我不在乎。因为是你无理取闹,不是我要和你吵。"

吉尔铁青着脸,一言不发地走了。

他走啊走,走了许久,来到一个岔路口,从这里向东是亚尔古,向西是一个叫温菲尔德的小镇。岔路口有一个路标,用箭头标出了不同的方向。吉尔向东走,赶到了亚尔古,住在那里的小客栈,等着弗洛拉的消息。

四天过去,弗洛拉在家里坐立不安,越来越想念吉尔。终于,她再也无法忍受,就给他写了一张纸条:"快点回来和我结婚吧,我会尽量不再跟你吵架。"她雇了一个信使,将纸条塞进他的背心,让他快马加鞭到亚尔古去送信。

这一天,魔鬼恰好在人间闲逛,想要找机会使坏。他碰巧路过那个岔路口。"啊哈!"魔鬼说,"我有个好主意。"他把路标调了个个儿。现在,指向亚尔古的箭头指着温菲尔德,而指向温菲尔德的箭头却指着亚尔古。然后,他吹着小曲,继续向前走。这样一来,至少那些认识路却不再经过的人不会发现这个错误。不过,魔鬼倒不指望这个错误能维持多久。

这时,弗洛拉的信使疾驰而来。他到达路口,直接向西奔去,因为他认为那是通往亚尔古的路。一阵奔波之后,他到达了目的地——这里自然是温菲尔德。他去当地的客栈找吉尔,可把那里翻了个底朝天,也没发现一丝吉尔的踪影。他只好坐下来,喝了一杯淡啤酒,歇了歇脚,才又赶回去见弗洛拉,告诉她吉尔已经离开。

与此同时,吉尔在亚尔古的客栈里心急火燎地等着。他嘴里念叨着:"四天啦!我越来越想念她。我要娶她,无论她还跟不跟我吵架。"他离开客栈,匆忙往回赶,来到了路标跟前。"哦天哪!"他惊呼道(那些日子,人们经常说"哦天哪"),"哦天哪,看看这个!我根本没在亚尔古,而是一直在温菲尔德!弗洛拉可能给我发过信,我却没在那儿,所以没收到!"于是,他朝温菲尔德狂奔而去,以为这次搞清楚了方向,前面就是亚尔古。在路上,他本来很有可能碰到迎面而

一个教训

有一只眼神犀利的鹦鹉，被一位非常溺爱它的老妇人养着，它就是她的骄傲和幸福。这只鹦鹉名叫科伦拜恩，它不是跟着海盗长大的，所以没学会各种下流的粗话。它跟着一位牧师度过了它的青年时代，并在那时接受了早期教育，学会了另一种语言。鹦鹉的寿命都长得惊人，牧师去世后，它还活着。它搬到老妇人的小屋，学会了说"亲爱的，快吻我"诸如此类的话。不过，科伦拜恩并没有娘娘腔。它个头硕大、头脑敏捷，喜欢光明磊落。为了保持这些品性，它一天到晚待在老妇人的窗口，斜着眼看这个世界。

老妇人的小屋坐落在一条大路旁。手推车、货车、骑着马或骡子的人、徒步的人，整天都在路上来来往往。科伦拜恩专心地盯着每一个经过的人。每当瞥见可疑的人，它就会喊："哦，哦！""注意！"有时甚至会大喊："快锁门。"但有了科伦拜恩，就没有必要锁门。它比任何锁、门闩，甚至看门狗都尽心尽责。它就那样一直待在窗户边，斜着眼警惕地东张西望。

一天，魔鬼假扮成一位音乐家，胳膊下面夹着把小提琴走过来。科伦拜恩一眼就看穿了他的伪装——别忘了它的眼神有多犀利。科伦拜恩立刻呱呱地叫起来："这是魔鬼！魔鬼！火！洪水！瘟疫！快逃啊！"它一边呱呱地叫，一边拼命地扑闪着翅膀，上蹿下跳，弄出很大的声响，吓得老妇人一头躲到了床下。

魔鬼在路中间停下来，正好对着小屋。"嘘！"他对科伦拜恩嘘了一声，"别出声！你这只死鸟！别说漏嘴！"科伦拜恩并没有安静下来，而是继续拼命扑扇着每一根羽毛，扯着嗓子嘎嘎地发出警告。这样

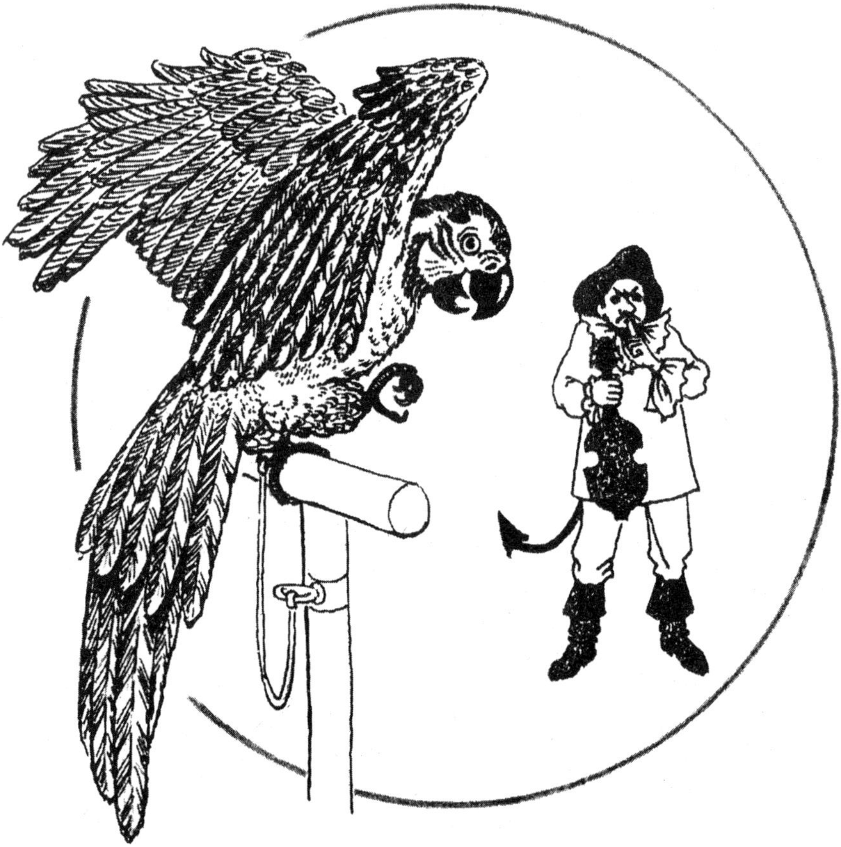

一来，路上的行人恐慌起来，到处乱跑乱窜。马翘起蹄子，推车被掀翻，连骡子都撒开四蹄疯跑。眨眼之间，路上空空如也，只剩下夹着小提琴的魔鬼，觉得自己像个傻瓜。

"你这只死鸟，"魔鬼说，"住嘴吧。这里一个活物都没有啦。"

科伦拜恩安静下来，闭上一只眼睛，说道："漂亮的鸟。"

"臭鸟。"魔鬼威胁道，"信不信我把你的嘴踩个稀巴烂？"

"圣经。"科伦拜恩冷静而清楚地说。

魔鬼退了一步，大惊失色地说："什么？"

"教堂，"科伦拜恩说，"教会和教堂，还有大教堂。"

魔鬼退得更远了。

"牧师，"科伦拜恩并没有住嘴，"还有神父、牧师、牧师、神父、传道人和教皇。"

"喔——"魔鬼打着哆嗦，化作一团烟雾，逃回了地狱。

马路很快恢复了以前车水马龙的景象,老妇人从床底下爬出来,继续烤面包。科伦拜恩端坐在那里,梳理着羽毛。它对自己有点不满意,所以稍稍有些懈怠,但还像原来那样斜着眼打量四周。

地狱里,魔鬼使劲把小提琴踩得粉碎。他愤愤地说:"应该有人来给这只臭鸟一个教训。"当然,有人已经这么做了,谢天谢地。

从地狱到天堂

✿

　　从前，有一位矮个子的好好先生，名叫巴斯·波恩。他的脑子不太对劲，老是把自己当成一位名叫哆来咪发嗦的著名歌剧演员。谁也搞不明白巴斯·波恩怎么会有这个念头。虽然他有时会哼哼两句，可他这辈子从没唱过一个音符。最主要的是，他矮小、和气，而真正的哆来咪发嗦却完全是另一副模样——像海象一样魁梧，像雄鸡一样自负。尽管如此，巴斯·波恩依然认为他们俩是一个人。

　　发嗦虽然有名气，却绝不是最好的歌唱家。他的嗓音响亮深沉，但就像是困在井底的麋鹿发出来的。只因为有位大人物夸过他，他才一举成名，在报纸上和各地频频露脸。从此，再也没有人敢小看他。可巴斯·波恩并不知道这些。他满脑子认定自己就是发嗦，发嗦就是他。就算别人磨破嘴皮，也说服不了他。

　　这样过了很久，一天晚上，在一场歌剧演出中，发嗦非要去飙一个没有必要唱的高音，结果突然中风身亡，并立刻被打发到了地狱——到地狱去继续他长长的音乐会表演。讣告登在报纸上。巴斯·波恩读到这个消息，惊讶极了。"这是什么意思？我不是好好的吗？伟大的哆来咪发嗦和往常一样精神抖擞、欢蹦乱跳，他们怎么说我死了呢？"他迷惑不已，在一座横跨河流的桥上来回踱步，还挥舞双臂嘟囔着，想弄个明白。不料，没过一会儿，他不小心滑下河岸，被淹死了。报纸没有理会第二起死亡事件，只顾报道一位长了四英尺[①]胡须的男人。

① 1 英尺约合 30.48 厘米。

巴斯·波恩从桥上掉下来，天堂为此开了一个紧急会议。他们决定，巴斯·波恩应该下地狱，到属于他的地方去。因为天堂只接收真正懂得高雅艺术并醉心于此的人。于是，巴斯·波恩被打发到地狱的门口。他从头湿到脚，嘴里还念念有词。后来，他被送到魔鬼跟前。"这是谁？"魔鬼问。

"是我。"巴斯·波恩说，"我是伟大的哆来咪发嗦。"

"哦，不，你才不是。"魔鬼说，"我们已经有一个啦。我认识你。你是巴斯·波恩，那才是你，你把水都滴在我的地毯上了。"

"大人。"巴斯·波恩挺直身体，努力让自己显得高一些，"我不叫巴斯·波恩，我的名字是哆来咪发嗦，报纸上有我的讣告。"

魔鬼恼怒地说："巴斯·波恩，你的脑子有问题。听着，你不属于这儿，我们不想要你。你太矮，又太和气。不过别人告诉我，你必须在这里待到弄明白自己的身份为止。我再告诉你一次：你不是哆来咪发嗦。真正的哆来咪发嗦已经来了一个星期。他死的时候正在音乐会上唱歌。"

"我不信。"巴斯·波恩说。

"你自己来看看吧。"魔鬼说。

于是,他们去了音乐厅。舞台上是真正的哆来咪发嗦,他正拉开架势,吼着一首什么歌。一排排的座椅全都空着,没有一个听众,也没有一位乐师在演奏。所有的乐器都默默地摆在那里,只是当发嗦唱高音的时候,靠在角落里的大提琴的琴弦就微微颤抖起来。

"看到了吗?"魔鬼说。

巴斯·波恩说:"这怎么会是发嗦?上面那个男人唱得太差了。再说,都没有人来听。要知道,人们会成群结队地去听伟大的发嗦唱歌。"

"这下面不会,"魔鬼很得意,"在这里,没有人会来听。"

"照我看——如果你不介意我这么说的话,"巴斯·波恩说,"舞台上的那家伙是个骗子。"

"巴斯·波恩,你真固执。"魔鬼说,"好吧。我们给你安排一场音乐会。明天,等你唱了以后,让我们来见识一下谁是真正的歌唱家。"

第二天下午，音乐厅里挤得满满的，笑声和说话声不绝于耳。小贩们在走道里穿梭，叫卖着花生和啤酒。乐池里，乐手们正在调试乐器，发出阵阵刺耳、不和谐和支离破碎的噪音。在乱哄哄的吵闹声中，乐团指挥走到等在幕布边的巴斯·波恩身旁，问道："那么，你打算唱什么歌？"

巴斯·波恩说："灵魂深处的渴望。"

指挥做了个鬼脸。"魔鬼不会喜欢这首歌，"他说，"不过如果你想唱这首，那就唱吧。"他转身离开，来到乐池下方。他一举起指挥棒，吊灯就熄灭了，昏暗的大厅顿时安静下来。巴斯·波恩信心十足地走上舞台。指挥棒一挥，乐声响起，长笛和提琴奏响了旋律。巴斯·波恩开始唱：

> 我的灵魂深深向往，
> 这轻妙的歌啊，
> 如同羽翼未丰的鸟儿，

扇动翅膀……

他从没唱过一个音符,现在只能挤出一点微弱的、甜甜的声音,完全不像发嗓的声音那样嘹亮深沉。他不知所措,等唱到"羽翼未丰的鸟儿"那一句时,干脆停下来,再也唱不出一个音符。真相如同一个巨大的气球在他心头猛地炸开,炸得他头发昏脚发软。"天哪,他们说得对。"他绝望地对自己大喊,"我不是伟大的哆来咪发嗦!"

观众从座位上站起来,嘲笑他,向他扔花生。他们嘲弄够了,就鱼贯而出,各忙各的去了。指挥和乐师们也走了,丢下独自站在舞台中央的巴斯·波恩,伤心欲绝。"看来。"他大声说,"我只是巴斯·波恩。"

这句话一出口,就见一道光芒闪过,巴斯·波恩消失了,再也没有在地狱里出现过。有人向魔鬼禀告了这件事。魔鬼说:"很好,这就算结束啦。"

巴斯·波恩后来在天堂的一个合唱团里演唱,只不过这回,他用了自己的名字——巴斯·波恩。人们

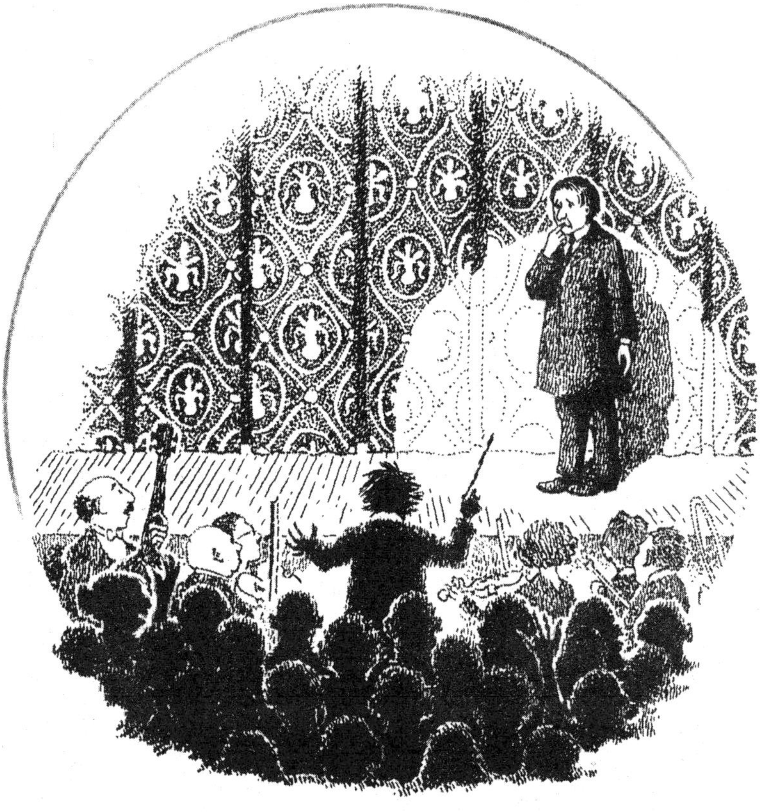

成群结队来听他演唱。因为合唱团的有些歌需要像他这样细小、甜美的声音,再加上小提琴和长笛美妙的伴奏,他因此而名声远扬。

哦,顺便说一下,真正的哆来咪发嗦每天都在地狱唱歌,最终也有了几个观众捧场——一头海象和几只公鸡。它们大把大把地往嘴里丢花生,似乎沉醉在他的歌声里。

简单的审判

󰞚

一天下午,魔鬼正在地狱的宝殿里打盹儿。一阵很大的喧哗声从殿外传来,他一骨碌爬了起来。"怎么啦?"他大吼道,"我就不能安静地睡会儿吗?"

殿门开了,一个小鬼的脑袋探进来:"对不起。有两个新来的,因为进地狱的程序问题在和我捣乱。"

"把他们带进来。"魔鬼有点恼怒,"我来收拾他们。"

小鬼带进来两个人,第一位是个衣衫褴褛、长相猥琐的无赖。他张大嘴巴嚷道:"我的天,这不是老鬼头嘛！"

第二位是个长鼻子、文绉绉的绅士，他睁大双眼惊呼道："天哪！莫非是路西法[①]不成！"

魔鬼讨厌"路西法"这种花里胡哨的名字，他情愿被人直截了当地称为"魔鬼"，或者用曾经的称呼——"殿下"。当然，他也讨厌所有不敬的称呼，"老鬼头"就是其中之一。他怒气冲冲地训斥站在宝殿里的两个人："都给我听着！我喜欢地狱里一片肃静。绝不允许在此喧哗。"

两人同时喊道："可是……"

"你们俩都给我闭嘴！"魔鬼火冒三丈，转过身去对小鬼说，"你现在弄明白这两个家伙的来由了吗？"

小鬼掏出随身带的一沓纸，看了看。"这个，"他用铅笔指着那个无赖，"是因为喜欢小偷小摸才来的这里。那个嘛……"他指指那个长鼻子绅士，"犯的是傲气罪，总写些没人懂的天书，所以被罚来地狱。"

[①] 在天主教中，路西法通常指被逐出天堂前的魔鬼撒旦。他曾经是天堂中地位最高的天使。

"哦?"魔鬼说,"听起来没问题,那他们为什么吵闹?"

"这和他们的罪过没关系。"小鬼说,"我们处理罪过之类的事情也有些年头了。之所以闹到您这里来,主要跟他们在上头是怎么送命的有关。这件事我可说不明白。"

"哦,"魔鬼说,"好吧。"他转向等在旁边、怒目对视的两个人。"你,"他对无赖说,"说说你是怎么回事!"

"那我说啦,"无赖哼哼唧唧地说,"当时,我正在大街上干正事儿,这个装模作样的家伙捣了我一拳头,还咋咋呼呼,把我耳朵都震聋了。我想,这家伙是犯了什么毛病,赶紧撒腿开溜。没想到他还跟在我屁股后头,我俩一起跌进沟里,脑瓜子就开瓢啦。嗯,就是这么回事。我醒过来就到了这儿,疲疲沓沓,哆哆嗦嗦。他还在这里叽叽歪歪,说这事儿是我惹的。"

"你也说说看。"魔鬼对绅士说。

"请容我禀明真相。"长鼻子绅士的话中带着不屑,

"此等腌臢败劣之徒大字不识一个,竟觊觎我之钱包,所幸千钧一发之际被我觉察。我正欲令其就范,奈何二人皆失足于路沿之石,折骨伤筋,继而命丧冠失,斯文扫地。在下怒火冲天,绝非我之过错。"

"你说的是什么?"魔鬼道。

"我想他们说的是……"小鬼忍不住想插话。

"我懂他们的意思,"魔鬼说,"那个人想偷这个人的钱包。就这样写吧。"

"别呀,"无赖叫道,"你搞没搞错。我想顺手牵羊不假,那是我的活路嘛。不过,我可没去趸摸这个干巴巴的穷光蛋,哼!谁稀罕!他这种人的底细我早就摸透了。只知道瞎吵吵,其实没啥货,这事儿你得信我。死要面子,没啥油水可捞。哼,到叫花子身边蹭蹭都比蹭他强!"

"你说的是什么?"魔鬼问道。

"他是说……"小鬼想插嘴解释一下。

"我懂他的意思。"魔鬼打断他,"他是说,他没想去掏那个人的腰包。这是个误会。就这么写吧。"

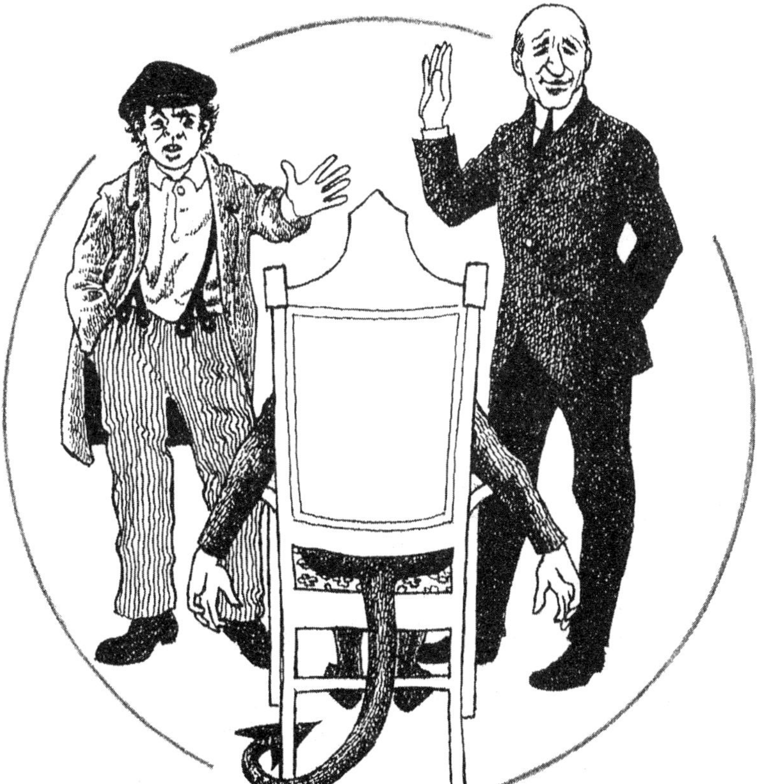

"哦！绝非如此！"长鼻子绅士喊起来，"我有异议，请容我解释。我的确见此罪犯伸出脏手，偷我钱包。本人无意曲解所观察到的证据。哼，再傻的愚人也可轻而易举地辨别出来，此等无赖纯属狡辩！"

"您明白我开始说的了吧？"小鬼问魔鬼。

"我明白。"魔鬼说。

无赖向魔鬼跟前凑了凑。"大人，听我说啊。"他说，"我不想背离正道，追着您絮叨个没完，我是搞不懂，谁说实话谁扯淡，您这么好使的脑瓜进水了吗？我是说，这个啥事都干不了还自以为是的家伙把死的都能说活，但那是坑您呀，还是信我说的吧。"

长鼻子绅士也上前一步。"我对事实有着清醒认识，"他傲慢地说，"冥思苦想，便知身处之地绝非天堂。期盼不偏不倚的评判或许有些幼稚，只求再三重申这条无可辩驳的事实，那就是，我之所见不容置疑，此愚笨不堪之盗贼意欲劫我财物。"

无赖眯起眼睛。"臭小子，小心点，"他用威胁的口气说道，"说我愚笨，是吧？别以为你一肚子墨水就把牛皮吹得叮当响。我干我的活儿，你能瞧得见就怪了。就算我在你这样的小气鬼身上下手，你也瞧不见。要说眼疾手快，谁都比不上我。我出道以来，还没让人瞧见过呢。还是实在点吧，要不就闭上臭嘴。"

长鼻子绅士的脸涨得通红。"这位先生，"他的声音变得有些古怪，"你这般无礼，着实令人难以容忍。如若不是我心怀诚意，岂能容下你那污言秽语。无可辩驳的事实就是，你罪不容恕。"

魔鬼拍拍手，声音好似打枪。"够啦，"他说，"我听够啦，无可辩驳的事实是，你们犯了同一种罪：都不会说人话。"

听到这里，两个人都住了口，目瞪口呆地看着他："你说啥？"

魔鬼转身对小鬼说："记下来，这两人舌头打了结，纯粹胡说八道。"

小鬼点点头说："好的，那我该怎么写给他们的惩罚呢？"

魔鬼今天第一次露出笑容，说："把他俩一起关在一个单人牢房里,直到这整个地方都结上冰的那一天。"

就这样,两人被带了出去。由于太过吃惊,他们说话都语无伦次的。小鬼合上记录,对魔鬼说:"这个惩罚真绝。"

"谢谢夸奖,"魔鬼一边说,一边回去继续睡觉,"这是我能想到的最简单的惩罚。"

石像的耳朵

❦

　　从前，有个叫皮西帕西的部落，这个部落的人很愚笨。很久很久以前，他们在一座小山顶上照着自己的样子刻了一个巨大的石头神像。神像完成以后，他们坐下来，开始"曾姆曾姆曾姆"地唱歌。神像的脑袋是个秃头男人，它的耳朵大如脸盆，身子是一匹坐着的马。他们用野地里疯长的萝卜祭拜神像。不用说，神像怎么可能喜欢吃萝卜呢？它对什么都不感兴趣。情况就是这样。于是，一堆一堆的萝卜堆在那里，渐渐地腐烂，最后变得臭气熏天。然而，皮西帕西人还是不断地把新的萝卜堆在腐烂的萝卜上，并相信好事就会来临。可是，什么好事也没降临，倒是一场小地震震倒了神像。它的身子裂成许多碎片，头也断了，像一块巨石滚落下山，最后滚到一块低处的平地停下来，一只耳朵向上，一只耳朵向下。皮西帕西人很难过，认为这是邪恶降临的预兆。他们收拾起锅碗瓢盆，举着长矛，拖家带口地逃走了。没有人知道他们到哪里去了。可没关系，魔鬼知道这个部族的人很可笑，个个愚不可及，他巴不得摆脱这个大包袱。那个脑袋依然躺在那里，好长好长时间以后，它被泥土掩盖。又过了几百年，经过许多小地震的洗礼，头像被埋到三四英尺深的土壤下面。

此时，人类已经进入文明社会。那里有了一个村庄和许许多多的小农场。因为那片土地的萝卜长得特别好，村民们都种起了萝卜。一天，有一家人来到这里，在埋着头像附近的地方找了块地开始耕种。这家人有一位父亲、一位母亲和他们的儿子，儿子叫比维斯，他身材高大，做起事来却慢吞吞的。

他们搭了一个窝棚,还想找个地方挖口井。

"应该在那儿挖。"比维斯说。

"不,在这儿,"母亲说,"得靠近窝棚。"

"不能在这儿,"父亲说,"太危险了。比维斯会掉进去。"

"我不会。"比维斯说。

"如果在那儿挖,你真有可能掉下去。"母亲担心。

"我不会。"比维斯说,他觉得很委屈,"你们从来不听我的。"的确如此。他们从没听从过他的意思。

后来,他们让比维斯去挖井,恰好是在神像脑袋被埋的地方。比维斯挖了好一会儿,他虽然高大,但并不强壮。他越想越委屈,干得很不带劲。"他们从来不听听我的想法。"他一边自言自语地说,一边用铲子铲起一大块土。过了一会儿,再往下挖的时候,铲子当的一声碰到了什么东西。"是岩石吧。"比维斯说。他弄走坑底的土,想看看这块岩石有多大。经过岁月和地震的洗礼,皮西帕西神像的耳朵暴露在阳光下,它大得像个脸盆,却又那么逼真,像真正的耳朵。

实在太不可思议了!

比维斯爬出土坑,站在那里久久地凝视着耳朵。他站了很久,直到父亲过来站到他身边。

"比维斯,你为什么不挖?"父亲说。

"下面有一只耳朵。"比维斯说。

"什么?"父亲说。

"一只耳朵。"比维斯指了指,"那边。"

父亲一看,坑底果然有个耳朵。两人站在那里呆呆地看着。

不一会儿,母亲从窝棚的窗口望过来,喊道:"你俩在那儿发什么傻?"

父亲向她招手。她走过来,向坑底望去。"那是什么?"她问。

"一只耳朵,"父亲说,"比维斯发现的。"

"真丑。"母亲说。

"你闭嘴,"比维斯说,"它会听见你的话。"

真的,就在这时,发生了一次小地震。他们的脚感觉到了地面的震颤。

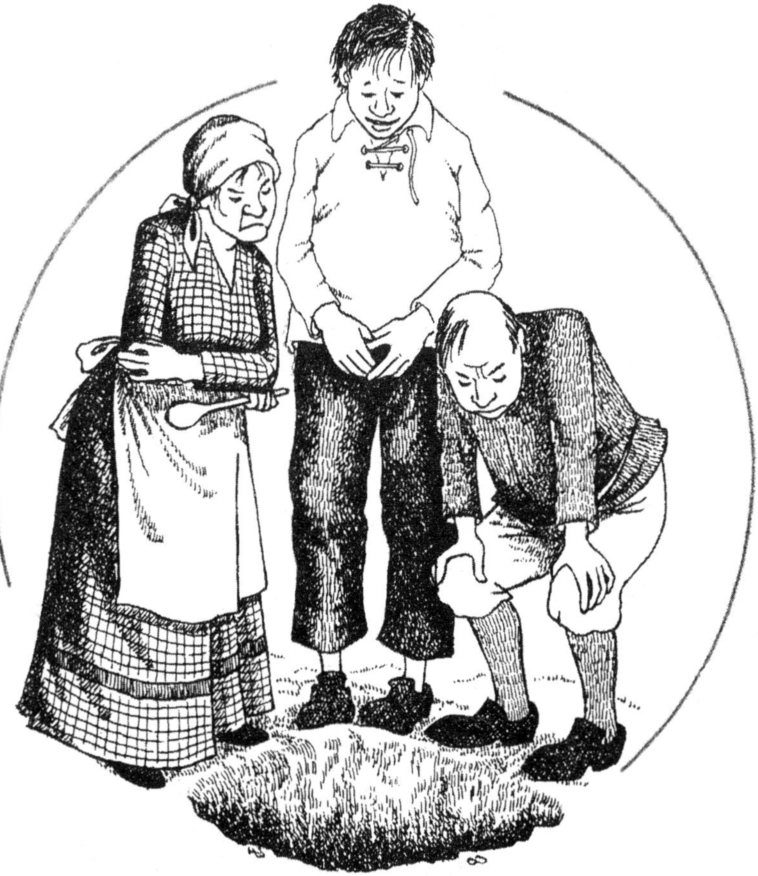

"它听见你的话了。"比维斯说。

他们进入窝棚,继续谈论着耳朵。

"这明摆着是一个危险的耳朵,"母亲说,"它能让地面震动。"

"有可能。"父亲说,"你觉得我们应该怎么办?"

"我觉得,"母亲说,"我们应该埋好它,把坑填上。"

"不!"比维斯说,"那只耳朵是我的,是我发现的,我喜欢它。"

"比维斯,把它埋起来吧,"父亲说,"这是唯一的办法。你快出去,把坑填上。"

"你们从来没听过我一句话。"比维斯难过地说。他回到坑边,站在那里,低头看着。"曾姆曾姆曾姆。"他轻声对耳朵唱,免得别人听见。

"比维斯,把坑填上。"父亲的声音从窝棚传过来。比维斯拿起铁铲,假装开始填土。可是,趁父母不注意,他从窝棚拿来一些木板搁在土坑的上面,又在木板上撒些土。这样一来,坑就像被填上了,如同他们吩咐的那样。然后,他在窝棚对面找了一个地方继续挖井。

几周过去,再也没有发生过地震。比维斯同母亲、父亲一起耕好地,种上了萝卜。他们再也没有提耳朵的事。但每天晚上,只要老人们一睡着,比维斯就会爬起来,掀开木板,和耳朵说说话。他把所有的烦恼,还有自己对生活和世界的想法全都说给它听。月光洒进坑里,把耳朵照得闪闪发亮。它聆听着比维斯说的每一个字。每天晚上,在把耳朵盖起来之前,他都会对它轻轻吟唱:"曾姆曾姆曾姆。"他从来不会给它白萝卜。比维斯不像皮西帕西人那样笨。

和耳朵的这些午夜倾诉对比维斯来说非常有用。他变得更自信,他的背挺得更直,也不那么迟钝了。

"来这里以后,比维斯变了好多。"父亲对母亲说,"他像一个男人啦!"

"有新鲜的空气、干不完的活,还有健康的食物呗。"母亲站在炉子前边煮萝卜边说,"还有,我们不再娇惯他。这些都很管用。"显然,他们根本没搞清楚是怎么回事。一天晚上,比维斯趁着月光出去,对耳朵述说他对于未来的梦想。这时,母亲醒了,跑到窗口看见了他。"比维斯!"她叫道,"你究竟在那儿干什么?"

"唉,"比维斯对耳朵说,"看来要露馅。"

结果根本不是这样。比维斯话音未落,突然地震了!这次可不是小地震。大地剧烈地颤抖着,整个世界笼罩在一片尘雾之中。窝棚塌了,母亲跌倒了,靠近井的那面墙也倒了。炉子倒下来碰肿了父亲的膝盖。可是,站在耳朵边上的比维斯却稳稳当当,耳朵所在的坑也仍然坚固。

第二天,他们稍稍平静下来,母亲说:"这是邪恶的预兆,我们最好离开这里。这里再也不会太平啦。"

父亲说:"比维斯,把那些还能凑合用的东西收拾一下,我们得搬走。"

"好,我去收拾。"比维斯说,"但我不会离开。我喜欢这里。"

这一次,他们终于听到了他的意见。"可是,比维斯,"母亲说,"没有我们,你怎么过呀?"

"我会有办法的,"比维斯说,"我会过得很好。我应该独立啦。"

比维斯的确过得很好。他送父母上路,挥手向他们告别。然后,他重新搭了一个窝棚,挖了一口新井。他拔掉所有的萝卜,种上甜菜。他成了一个很棒的农夫。他还为耳朵做了一个圆盖子,放在坑上面,并告诉人们这是一口枯井,最好别靠近。大家都深信不疑。每天晚上,除非下雨,比维斯都会在月光下对他的耳朵讲述喜怒哀乐;每天晚上,耳朵都静静地倾听着他的每一句话。

图书在版编目(CIP)数据

魔鬼的故事/(美)娜塔莉·巴比特著;姚雁青译.--2版.
南昌:二十一世纪出版社集团,2023.2
(麦克米伦世纪大奖小说典藏本)
ISBN 978-7-5568-5733-3

Ⅰ.①魔… Ⅱ.①娜… ②阿… Ⅲ.①儿童小说—中篇小说—美国—现代 Ⅳ.①I712.84

中国版本图书馆CIP数据核字(2022)第152823号

THE DEVIL'S STORYBOOKS:
Twenty Delightfully, Wicked Stories by Natalie Babbitt
THE DEVIL'S STORYBOOK.Copyright ©1974 by Natalie Babbitt
THE DEVIL'S OTHER STORYBOOK.Copyright ©1987 by Natalie Babbitt
First published by Farrar, Straus and Giroux, LLC.
All rights reserved.

版权合同登记号　14-2013-297

魔鬼的故事
MOGUI DE GUSHI

[美]娜塔莉·巴比特 著　姚雁青 译

出 版 人	刘凯军	责任编辑	费　广
特约编辑	李佳星	美术编辑	费　广

出版发行　二十一世纪出版社集团(江西省南昌市子安路75号　330025)
网　　址　www.21cccc.com
经　　销　全国各地书店
印　　刷　河北鹏润印刷有限公司
版　　次　2015年2月第1版 2023年2月第2版
印　　次　2023年2月第1次印刷
开　　本　880 mm × 1230 mm 1/32
印　　张　4.75
字　　数　63千字
书　　号　ISBN 978-7-5568-5733-3
定　　价　25.00元

赣版权登字 -04-2022-758　　版权所有,侵权必究

购买本社图书,如有问题请联系我们:扫描封底二维码进入官方服务号。服务电话:010-64462163(工作时间可拨打);
服务邮箱:21sjcbs@21cccc.com。